张帅坤

努力，总是这样

埋头潜行，惊艳岁月

“大国工匠人物传”丛书

张帅坤

埋头潜行『掘』光明

张天宇◎著

中国工人出版社

图书在版编目（CIP）数据

张帅坤：埋头潜行“掘”光明 / 张天宇著. 北京：中国工人出版社，2025. 9. -- ISBN 978-7-5008-8770-6

Ⅰ. I25

中国国家版本馆CIP数据核字第2025UJ6488号

张帅坤：埋头潜行“掘”光明

出 版 人	董　宽
责任编辑	陈培城
责任校对	张　彦
责任印制	黄　丽
出版发行	中国工人出版社
地　　址	北京市东城区鼓楼外大街45号　邮编：100120
网　　址	http://www.wp-china.com
电　　话	（010）62005043（总编室） （010）62005039（印制管理中心） （010）62379038（社科文艺分社）
发行热线	（010）82029051　62383056
经　　销	各地书店
印　　刷	宝蕾元仁浩（天津）印刷有限公司
开　　本	880毫米×1230毫米　1/32
印　　张	5.25
字　　数	88千字
版　　次	2025年9月第1版　2025年9月第1次印刷
定　　价	49.00元

国之大者，工匠先行

——“大国工匠人物传”丛书总序

在中华全国总工会成立100周年之际，全国总工会宣传教育部、中国报告文学学会、中国工人出版社联合开展了“文艺工作者走基层”活动，推出“大国工匠人物传”丛书，向全国总工会献礼，向广大劳动者致敬！

“知者创物，巧者述之守之，世谓之工。百工之事，皆圣人之作也。”这是中国所见年代最早的关于手工业技术文献《考工记》中对工匠的记载。“工”之责在于造物，“匠”者为能工鼎识者也。

幼时，老家云南昆明大板桥的老街上，从南头到北头，都是大大小小的手艺人，木匠、石匠、焗匠、骟匠、竹篾匠、鞋匠、箍桶匠……空气中飘荡着木匠的刨花香和石匠敲打出来的粉尘，充满着焗匠手中皮带的“吱扭扭”声、骟匠刀下小猪猡的闷哼、箍桶匠皮锤不轻不重的敲击声。老街上的竹篾匠是我的一个表姨夫，他来自四川，有着一手出神入化的编造竹篾手艺。粗壮的毛竹是表姨夫手中的“百万雄兵”，在一把锋利无比的刀的指挥下，被劈成厚薄、粗细不一的篾。表姨夫的本领仅次于撒豆成兵的天神，他能化篾成物，一般家里能见到、用到的器物，他都能用竹篾编出来。母亲曾命我在老街上买一个暖水瓶的内胆，然后去表姨夫的摊位上，坐等他为暖水瓶胆编制一件竹制的外壳。那个暖水瓶至今还在我家老屋的一个角落里。竹篾壳早已被岁月包了浆，虽然久不使用，却依然油润、红亮。这便是我幼时对匠人的记忆。

五千多年的中华历史长河中，涌现出了无数能工巧匠，他们或如明月光照，或如星河璀璨。一代代薪火相传的工匠精神，不仅成就了那些流芳百世的绝世建筑与器物，更是烛照我们通向文明现代化进程的精神之光，是我们文化的自信心、民族的根与魂。

从“嫦娥”探月到“祝融”探火，从“北斗”组网到“蛟龙”深潜，从港珠澳大桥横跨三地到大兴国际机场凤凰腾飞……这些挺起中华民族脊梁的大国重器、世纪工程背后，无不凝聚着万千工匠的心血和汗水，映照着工匠们孜孜以求、拼搏奋进的身影。

本套丛书收录的是全国总工会历年评选出的大国工匠

的人物传记。他们当中有焊接高铁的“工人院士”李万君、打破国外高端设备维修垄断的王树军、让中国锻件立于世界之巅的刘伯鸣、“人刀合一”的顶级钳工李凯军、在高空“穿针引线”的竺士杰、油田里的创新能手刘丽、了不起的“钢铁裁缝”艾爱国、数控机床上的“雕刻师”孟维、让三星堆文物“活”起来的郭汉中……他们有的是传统加工业的锻造者，为了突破技术瓶颈精益求精；有的是新兴制造业的探路者，为了实现精密制造巧思妙想；有的是军工行业的铸剑者，为了打造国之重器默默坚守；有的是民间手工艺的守护者，为了传承非遗文化精雕细琢……他们奋战在国防军工、装备制造、传统工艺等行业的第一线，以久久为功的钻研和创新，造就了一个个传奇。

这些杰出的工匠，尽管行业不同、岗位不一，成长经历各异，但他们都有着爱党爱国、敬业奉献、创新争先的优秀品质。他们耐得住清贫与寂寞，用灵巧的双手和精湛的技艺，数十年如一日地在平凡的岗位上雕琢自己心中的梦想，以实际行动诠释着“执着专注、精益求精、一丝不苟、追求卓越”的工匠精神。“天下大事，必作于细。”工匠精神既是中华民族技艺世代传承的价值理念，又是中国开启新征程，从制造业大国迈向制造业强国的时代需要。

“大国工匠是我们中华民族大厦的基石、栋梁。”2024年3月5日，习近平总书记参加十四届全国人大二次会议江苏代表团审议时强调“树立工匠精神”，指出“没有金刚钻，揽不了瓷器活”，要“把第一线的大国工匠一批一批培养出来”。党的十八大以来，习近平总书记对建设高素质劳动大军高度重视，强调“当代工人不仅要有力量，还要有智慧、有技术，能发明、会创新，以实际行动奏响时代主旋律”，深刻阐述工匠精神“执着专注、精益求精、一丝不苟、追求卓越”的内涵要义，号召全社会弘扬工匠精神，“为全面建设社会主义现代化国家、实现中华民族伟大复兴的中国梦提供有力人才和技能支撑”。

“匠心聚，百业兴。”无论是传统产业，还是新兴产业、未来产业，大国工匠在发展新质生产力的历史进程中不可或缺。随着经济发展方式转型和产业结构升级，中国要实现由制造大国向制造强国的转变，实现由中国制造向中国创造的跨越，离不开广大劳动者的创新和创造，更离不开对工匠精神的继承和发扬，于是呼唤更多大国工匠成为时代强音。

文艺是时代进步的号角，最能代表一个时代的风貌，最能引领一个时代的风气。中国报告文学学会、中国工人出版社联袂推出“大国工匠人物传”丛书，以图书的形式为大国工匠树碑立传，让他们的故事和精神具有更广泛的交流传播价值和长久的史料价值。本套丛书的写作者奔赴大国工匠生活的城市，深入大国工匠工作的厂区、车间、工作室，获取了全面细致的第一手材料，最终将大国工匠的成长、成才故事呈现在读者面前。

“大国工匠人物传”丛书讲述的是个人奋斗史，也描绘出大国工匠的群体形象。可以说，这套丛书是目前国内系统研究众多大国工匠人生轨迹的权威读本，既有对每位大国工匠的整体介绍和事迹梳理，又有具体的事件、案例，全面、生动地展示了大国工匠各个人生时期的工作和生活状态。

新时代是奋斗者的时代，中国式现代化建设新征程这一宏伟事业为广大工匠技能人才成就梦想提供了广阔舞台。每位劳动者都是主角，都可以成为工匠精神的践行者。大国工匠是新时代的最美奋斗者，更是和平年代当之无愧的英雄。

国之大者，工匠先行，向着中华民族伟大复兴的目标砥砺奋进，行稳致远。

是以为序。

目 录

如今，从南亚湿热丛林到中东酷旱沙漠，从拉美深邃矿山到欧洲发达都市，已有 30 余个国家和地区的地下空间深处，游动着中国“蛟龙”的钢铁脊梁。

张帅坤团队面对此次全新挑战清醒而笃定：“江底每一寸推进都需敬畏，任何潜在风险，都不该也不能靠侥幸去躲过。”

如今，一支知识型、技能型、创新型高素质产业工人大军正在加快形成，为长沙高质量发展注入强劲动力。张帅坤正是产业工人队伍建设改革的受益者。

透过屏幕，张帅坤似乎看到那位曾在深夜并肩排查故障的老师傅投来欣慰的目光：“现在的小伙子们啊，不用再靠鼻子嗅油味判断故障了。”

楔子

2025 年 4 月 9 日，江苏南通海门。

长江入海口北翼，湿润的江风裹挟着春汛的潮声。朝阳刺破云层，将江水染成金色。江面之下，我国自主研制的最大直径盾构机“江海号”，如一条蛰伏的巨龙昂首待发。刀盘上喷涂的蓝白浪纹与江涛辉映，16.64 米的庞大身躯承载着中国盾构技术的巅峰荣耀。指挥台前，对讲机中传来指令：“海太隧道，开始出发！”

整机长 145 米、重 5000 吨的“江海号”，是为世界最长公路水下盾构隧道“海太长江隧道”量身定制的超级装备。它在最大埋深75米的复杂地层中潜行9315米，穿越淤泥质黏土与粉细砂复合地层，地表沉降控制精度需达毫米级。

“研制团队针对刀盘刀具、主驱动、推进、同步注浆等九大系统进行创新攻关，确保设备在工程中安全、高效、智能掘进。”研制团队负责人、铁建重工掘进机研究设计院副院长张帅坤说。“江海号”的刀盘可切削土石，“牙口”相当锋利，主驱动配置的可伸缩功能，可以有效实现脱困，同时还搭载了智能化装备系统，在开挖作业中可以做到全域感知。

“它意味着我国在16米级超大直径盾构机领域实现全产业链自主化，标志着国产超大直径盾构机产业化再次取得突破！”张帅坤在现场激动地说。

盾构机是挖掘隧道的“大家伙”。它能在地下穿山越岭，把土和石头挖开，还能一边挖一边撑住隧道壁，防止塌方。盾构机前面有个大刀盘，上面全是刀具，能切开各种硬石头和泥土，后头还有一堆设备负责出土、组装隧道壁等。说白了，它就是现代基建的“开路先锋”，地铁、高铁、公路隧道的建设都离不开它。

盾构机的研制，技术含量高，涉及机械、电子、液压、自动化控制等多个领域。19 世纪，欧洲人就开始用盾构机挖隧道了，可中国起步晚，直到 20 世纪 90 年代才从国外引进。

十几年前，张帅坤是一名盾构机司机，用的是进口“洋盾构”，处处被外国人“卡脖子”。现如今，他和团队自主研制的国产盾构机，把关键核心技术牢牢掌握在自己手中，使国之重器不再受制于人。

张帅坤常言：“盾构机永远朝着隧道尽头的光掘进。”这束光，从当年被拒之警戒线外的屈辱，化作今日长江口的破晓曙光。

近年来，张帅坤领衔研制的盾构机涌动着澎湃动力，如火如荼地参与工程建设。装点“最潮”京剧脸谱，“京华号”连续穿越风险源；涂装“最萌”熊猫脸谱，“锦绣号”成功贯通成自高铁控制性工程；喷绘“最猛”岭南醒狮，“深江 1 号”在珠江口海底钻行……

上天有神舟，入地有盾构。如此大国重器，“当惊世界殊”。它们个头大，颜值高，实力强，不仅扮靓了产业进步的“面子”，也充实了中国制造的“里子”。如今，国产盾构机在国内新增市场占有率达到了 95% 以上，并且占据了全球三分之二的市场份额。

张帅坤正是盾构产业从跟跑、并跑再到领跑的见证者、参与者，他就像一台穿山掘地的盾构机，在国内研发空白、行业前景未明的情况下，一头扎进盾构机自主研发的“深幽隧道”，十几年潜心钻研、精益求精，在一次次技术升级和工程突破中，带着团队“掘”出国产盾构机的科技高地。

当“江海号”刀盘在江底旋进，液压系统低鸣如大地脉搏。张帅坤凝视着监控屏上跳动的数据流，想起2008年那个在40摄氏度高温的隧道里记录零件参数的青年。十七年的光阴，从被拒于警戒线外的学徒，到定义16米级国际标准的筑“盾”者，他以工程师的理性与诗人的浪漫，在钢铁与岩石的碰撞中写下结论：

所有向光而行的路，终将照亮一个民族的崛起。

第一章 种子

1985 年深秋，张帅坤出生在河南的一个普通农家。小时候，他跟身边同龄人的生活基本一样，没上过幼儿园。

张帅坤的爷爷张廷阳是村里的人民教师，刚正不阿，勤俭持家，为人忠厚，农闲时常教乡邻的小孩识字。

“爷，铁为啥能变弯？”“弹簧缩回去的劲儿哪来的？”年幼的张帅坤总喜欢蹲在爷爷脚边问东问西，看铁器在爷爷的敲击下变成人们想要的模样。

村子就是最好的游乐场，掏鸟窝、玩泥巴、捉迷藏等游戏，伴随他的童年时光。

在张帅坤六七岁的时候，村子附近新建了一个机械加工厂。这家工厂投产后，吸引了张帅坤和村里小伙伴的注意力，他们终日围在厂子周围，像看“西洋镜”一般，盯着机械厂里的那些设备。

张帅坤回忆说，虽然那家机械厂只能算是机械行业里最基础的一家小厂，却让他为之着迷，觉得制造机械是一件神奇而了不起的事情。也正是因为那家机械厂的出现，让他对机械产生了浓厚的兴趣。而这一兴趣也成为他日后的人生奋斗目标。

张帅坤小时候虽然也淘气爱玩，但是上学后，就收起了玩耍的心思，开始认真学习。

村东头的沙颍河每逢枯水期总会露出滩涂，成为孩子们的乐园。有一次，9 岁的张帅坤用木板、废轴承和麻绳组装“运沙车”，却在上斜坡时因重心失衡翻倒。爷爷看见后没有说什么，反而带他观察牛车负重原理：“你看车辕为啥前低后高？力要顺着道走才稳当。”当晚，爷孙俩在灯下重新组装，当改良版小车成功运沙上岸时，张帅坤第一次切身感受到“机械的力量之美”。

12 岁的张帅坤在一天凌晨和爷爷一起去菜市场批发红

张帅坤正专注地工作

薯，虽然扁担磨破了他的衣服，皮肤随之渗出血，但他毫不在乎，反而琢磨起省力技巧——用麻绳缠绕扁担中部增加摩擦力，再以腰部为支点调整步频。爷爷告诉他，“重量压不垮人，压垮人的是蛮干”。这段经历让他悟出“巧劲胜于死力”的生存智慧。

为贴补家用，张帅坤周末到镇上的摩托车修理铺打零工。修车师傅老李发现这孩子总盯着拆下的发动机发呆：“想学就动手！”第一次拆装化油器，张帅坤因忘记油管顺序导致漏油，老李厉声道：“机器不会骗人，错一道工序就多一道风险！”自此以后，张帅坤养成了拆卸前画流程图的习惯，两年间手绘了上百张零件关系图，被其他学徒工笑称“行走的说明书”。

2000 年考入漯河五高（原郾城二高）后，物理老师讲解液压机的原理时，张帅坤听得入神，他在笔记本上密密麻麻地写下了液压机的有关知识。

后来，张帅坤在校园内的图书馆读到一篇关于“秦岭隧道贯通”的报道：中国因缺乏盾构技术，工人只能使用手持风钻打眼，配合爆破进行人工钻爆施工，伤亡率极高。其中，“德国机器一天顶人干半年”的描述刺痛了他。当晚他在日记里写下这样一句话：“总有一天，我要造出中国人自己的‘穿山蛟龙’！”

高考时，这句话也成为张帅坤报考郑州大学机械专业的最终推力。是的，他已决心要用技术守护劳动者的尊严。而彼时的张帅坤不知道的是——早在 1997 年，中国就花 7 亿元从德国引进两台盾构机修建秦岭隧道，结果遭遇“技术羞辱”：维修时外方拉起警戒线，更换一个拖车钢结构件竟索要每天一万元的咨询费。

2002 年，国家将盾构机研发列入“863 计划”，由中铁隧道局 18 人组成的“敢死队”开始攻关。他们从零起步，拆解进口设备图纸，在实验室里模拟各种极端工况。为攻克刀盘设计难题，研究团队连续五年蹲守在施工现场，记录了超过 10 万组数据。2008 年，中国首台自主研发的复合式土压平衡盾构机“中铁 1 号”下线，在天津地铁 3 号线掘进中，地表沉降控制精度达到毫米级，超越了德国设备。

2003 年 9 月，张帅坤带着梦想踏上求学路。他的包裹最深处藏着一件“信物”，就是他上高中时写下的那本日记，泛黄的笔记本烙印着他的初心。当列车驶过隧道时，他摩挲着笔记本喃喃自语：“爹，等我造出盾构机，咱再也不用人挖山了。”窗外，穿越隧道后刺眼的亮光，仿佛

拼装手正在进行 DDCI 构件拼装

在回应他的誓言。

2003年秋天，梧桐大道铺满碎金，18岁的张帅坤攥着录取通知书站在校门前。爷爷临行前的叮嘱在耳畔回响：“机器坏了能修，人倒了就真停了。你要当修机器的人，别当被修的零件。”

机械原理课上，教授展示的德国盾构机剖面图引起了一阵骚动。“这种设备挖掘隧道比人工快百倍，但中国连一把合格刀具都造不出。”幻灯片的光斑在张帅坤眼中灼烧，他想起高中读到的秦岭隧道报道——工人只能用手持风钻打眼，再靠爆破掘进，伤亡率触目惊心。

课后，张帅坤追进教师休息室：“老师，泥水平衡系统能不能用闭环反馈替代人工调节？”教授惊异于这个新生的敏锐，将液压实验室钥匙交给他：“请你用数据回答我。”于是，深夜的实验室成了他的“地下王国”。为模拟不同地质对盾构机刀盘的阻力，他用水泥、砂石、黏土配制12种“人造岩层”，记录下387组压力数据。当自制液压模型成功实现压力动态平衡时，油管突然爆裂，黑稠的液压油喷溅满脸。他抹了把脸，在实验记录本上这样写道：“失败是技术最诚实的导师——2005年3月8日，爆管第11次。”

经费短缺的困境催生了张帅坤的巧思。听说废品站有台报废的工程泵，他带着室友冒雨拆回锈蚀的阀芯。他们用砂纸打磨三天，将零件重组为“土法压力测试仪”。

这个带着铁腥味的装置，后来成了张帅坤毕业设计的重要组成部分。毕业答辩时，有老师感叹道：“把废铁变成钥匙，打开的是中国制造的未来。”

2006 年暑假，张帅坤主动申请到施工队实习，这也是他第一次直面国产装备的窘迫：进口盾构机轰鸣着掘进，中国工人却只能操作落后的悬臂式掘进机，碎石如子弹般迸溅。带他的老师傅老李左手缺了两根手指，他告诉张帅坤：“这是去年卡钻时被齿轮绞的，德国人说我们操作不当。”

某个暴雨夜，泥水倒灌隧道，进口盾构机因传感器故障停机，德国工程师宣称“需等三个月更换部件”。眼看隧道要被淹没，张帅坤裹着雨衣冲进基坑。凭借对液压原理的熟悉，他判断是压力阀被泥沙堵塞。拆卸、清洗、重组——当他在黎明时分满身污泥地举起修复的阀芯时，德国工程师震惊地竖起拇指。老李把热姜汤塞进他颤抖的手里：“小子，你给咱中国人争了口气！”

这次经历催生了张帅坤的毕业设计选题：基于 GPS(产

作业人员正在吊运管片

隧
海太长江隧道

品几何技术规范）的圆柱度公差研究。为采集黄河滩涂地质数据，他每月辗转三趟公交到施工段，记录不同含水率黏土对刀具的磨损系数。他的笔记本扉页上抄着钱学森的话：“手上没有剑，和有剑不用不是一回事。”

大四秋天的招聘会上，某外资工程机械企业开出万元月薪。室友纷纷签约时，张帅坤却盯着一则新闻发呆——新闻的标题“秦岭隧道工人伤亡调查”像一根钢针扎进眼底。报道配图中，满脸岩粉的工人蜷缩在昏暗掌子面，身旁的手持风钻沾着暗红色的血迹。

“你去外企能当高级零件，但中国需要造盾构机的人！”导师的疾呼让张帅坤彻夜难眠。那天凌晨的宿舍，他在灯下读着父亲的信：“你爷修淮河大坝落下一身病，就因工具太落后。如今你能学机械，是替咱祖辈圆梦。”信纸背面是泛黄的秦岭报道剪报，日期恰是他高考那年。

回忆起那段日子，张帅坤说：“我仿佛在一瞬间就做出了选择。”

2008 年 7 月，离校的绿皮火车驶过黄河大桥。张帅坤靠窗看着风景，手机突然震动——某建设公司录用通知闪烁：“岗位：进口盾构机管理”。同行的朋友惊呼：“这工作清闲又高薪！”他却望向窗外滚滚浊浪，想起德国工程师撤离时说的那句“你们永远造不出盾构机”。

背包深处，毕业设计图纸的空白处添了新注解：“岂曰无衣？与子同袍。当效愚公移山志，不教神州无盾构。”钢铁与岩石碰撞的轰鸣声，已在张帅坤的心中擂响战鼓。四年磨砺，那个在实验室被液压油糊脸的少年，终将用匠心在黑暗地层凿出一条向光之路——正如他后来在安全帽上刻的誓言：“埋头潜行，惊艳岁月。”

初入职场，印着“1100 元”字样的工资单像一片冰冷的雪花落在张帅坤的掌心。

那一年，张帅坤被分配到工程现场做技术员，住在活动板房搭建的临时宿舍，每天在震耳的机器嗡鸣与漫天沙尘中穿行。

每天中午，张帅坤和工友挤在庞大盾构机的小角落，就着刺耳的施工噪声咀嚼简单盒饭，粗糙的米饭与油水不足的菜叶迅速被卷进肚中。灰尘飘浮在空气里，每咽下一口都带着一些细沙般的微尘感，可谁也顾不得那么多。大家埋着头，12 小时轮班，七天不休运转，日子仿佛在这样刻板的循环中流逝。

然而，工地的另一端，几位金发碧眼的外国专家的待遇却截然不同。他们被专车送到附近五星级酒店套房的门外，上午9时才姗姗来迟，步入为他们单独设置的办公室，透明玻璃门隔开工地所有的嘈杂与尘土，清凉的空调风拂过整洁的资料夹。

外国专家的午饭是厨房专门定制送来的西餐，盘中冒着轻微热气的牛排与细腻的意大利面仿佛在无声嘲笑中国工人手中油渍斑斑的饭盒。

外国专家的服务费用，每天是1000欧元外加国际航班机票费用。如此鲜明的对比像一根冰冷钢针扎进了张帅坤的心脏，无声质问着这悬殊的生存处境和技术依赖，也将“差距”两个字刻得异常清晰。

有一天，项目工地因一台盾构机故障而陷入了令人窒息的停滞——拼装机发生不明原因的剧烈抖动，无法准确定位沉重的混凝土管片，施工瞬间停滞下来。

工地上，几批远道而来的外国专家匆匆穿梭于复杂机械结构之间，他们神色凝重，指尖划过无数精密控制屏幕的数字，每一次调试都牵动着所有人的神经和耐心。

这些来自不同国家、不同公司的“洋面孔”工程师反复检查参数之后，仍带着无奈的神情摇头。时间在这样反复的无功中消耗了月余光阴，项目每一天都在悄无声息中消耗超20万元资金，这庞大的钢铁巨兽却只能静卧在漆黑隧道深处，像一头深陷泥沼的困兽。

巨大的经济重压下，技术组在简陋图纸室点灯熬油。经过缜密分析发现，该盾构机从武汉调运改造后，为适应地段加重的混凝土管片，已将原来的定量液压马达换成了变量马达。对比故障历史，问题极可能就在此处。可张帅坤的推测刚一出口，便撞上了外国专家不可撼动的拒绝高墙。那个高大的欧洲专家皱紧眉头："这个马达是欧洲顶尖品牌，每一道环节都经过严格质检调试，不可能出错！"

压力累积到极限后，张帅坤决定靠自己解开难题。但当他小心翼翼地提出需要详细图纸和元件参数时，外方技术代表的表情瞬间冰冷如霜。"擅自维修？这违反了所有安全准则！"外国专家近乎威胁般地丢下话，"我们立即撤出所有技术力量，贵方自今日起将同时失去所有质保支持！"那份技术协议仿佛成了高悬头顶的达摩克利斯之剑。

项目部最终在重压下艰难作出决定，在没有图纸和说明书的情况下，张帅坤决定自己照亮前路。项目部秘密邀请了外部液压专家团队，悄悄进入隧道深处进行探索诊断。幽暗而深邃的隧道仿佛成了开展技术竞争的秘密战场。

所有图纸只存在于外方的资料库中，张帅坤手边只剩自己拍摄的马达部件照片。白天，工地依旧空寂；夜晚，

作业人员正在运输管片

中国铁建
CY130
厂内 临A·ST003

狭窄的临时工棚却点着不灭的灯。几十张零部件照片如巨大的拼图铺满了地面，张帅坤和液压专家们凑近灯光，指尖划过一处接一处复杂的线路标识，反复咀嚼、翻译那些布满陌生术语的英文技术文件，汗水顺着他们的额头流过鼻尖，无声滴落纸上。

不知经过多少次装拆尝试与测量比对，整整一周的疲惫奋战在某个清晨似乎透进了微光，在几乎被绝望淹没的时刻，千分尺冰冷坚硬的触感终于带给张帅坤一个微弱却具有决定性意义的数据——阀芯竟然有极其细微的两毫米加工误差。在精密液压世界里，两毫米的偏离足以使整台庞大机器彻底瘫痪。

连续地攻关，使得张帅坤的眼眶下挂着浓浓的黑晕，可那双眼睛深处却亮起前所未有的火焰。经过一昼夜无眠的加工调试，那个修磨完美的阀芯被小心翼翼地重新置回。启动按钮的那一瞬间，大家屏息等待。抖动停止了，拼装机稳如磐石地将巨大管片精准推入预定位置。那一刻，张帅坤心中的千斤重担落地，化作热泪，几近涌出。

再次进场的欧洲专家们看到完全修复的设备，神情里分明混杂了惊异、尴尬和一丝不易察觉的刮目相看。他们沉默着检查完所有接口与数据记录，最终收敛了倨傲的表情，用不太熟练的中文向张帅坤认真道贺："你成功了，了不起的修复。"

自那以后，一种使命感如同隧道深处无法停息的盾构机轰鸣，在张帅坤的生命里昼夜回响。在浩瀚的钱塘江底，钢铁巨龙开始稳健推进，张帅坤端坐于主控室精准下达着每一个掘进指令。在一千七百多米的漫长隧道掘进日夜里，操控台面板上每一盏闪烁的信号灯，都已刻入他的骨骼与脉搏。

夜幕降临，板房的灯总是最后一盏熄灭。图纸如星图铺展桌面，睡意一次次被窗外透进的凉意击退。连续数月里每日只有四五个小时勉强拼凑出来的睡眠，支撑他的仅是一股执念：若我国掌握不了盾构机的核心技术，这样的依赖困境只会像幽灵般重现，江底潜行的巨兽便始终受制于他国之手。

2009 年除夕，钱塘江波涛在头顶 30 米之上翻涌。盾构机正在穿越极敏感地质的节骨眼上，必须时刻紧盯土体保压数据，丝毫不可松懈。盾构机犹如在巨大危险临界点反复试探行走。主控室里，张帅坤主动告诉同事们："都回家吃年夜饭吧，我一个人在这里就行。"

轰隆作响的盾构机身后，是黑不见头的漫长管道，前方依然是永不知底的黑洞深渊。一千多米的深处，只有闪烁屏幕的幽光、电机单调的嗡鸣，以及对讲机中偶尔传出的新年歌曲勉强撕裂厚重孤寂的空气。

然而，张帅坤心中那钢铁巨龙将奔腾于中国每条深邃土地的梦想，如燃烧着信念的孤灯，抵御着身遭如无物般的厚重黑暗。寂静中，他仿佛能听见自己心脏有力而沉着的跳动，与机器规律沉稳的运转声一起在黑暗深处奏响黎明之前的壮歌。眼前那永无止境的隧洞中，仿佛已有民族盾构机呼啸而来的铿锵巨响。

十余年光阴宛如呼啸的隧道风掠过长空。如今，中国国产盾构机早已破茧而出，不仅高效服务于祖国纵横如经纬的地下世界，还携带着尖端国产芯片和控制系统驰骋于世界的舞台。

核心技术争分夺秒的争夺战，早已在当初液压阀芯那两毫米误差的较真中预示了然。2010 年钱塘江底那个不眠的除夕，在幽闭的空间里，张帅坤听见了自己的心跳与盾构机沉闷稳定的低吼共同奏响——它们重叠交织，凝成一种信念的和声：国之重器若不自强，何来巨龙穿海之力？

第二章 累积

彼时的张帅坤，是这个行业的“初生牛犊”，身上带着一股子“拗劲儿”。然而，张帅坤很快就进入了工作状态。

钢铁终究沉默如初，但每一寸奋力掘进的印痕，都在无声诉说着——唯有在核心技术嵌入民族骨髓的日日夜夜里磨砺，国之重器方能破浪纵横，于深暗之处筑起光明通衢。这条道路，注定铺满奋斗者无法安眠的长夜与无人鼓掌的孤寂，可那最终迎来的自由掘进的轰鸣声，足以在历史的深处永世回荡。

“选择做一名盾构机司机，这是自己人生中最大胆又正确的决定。”张帅坤回忆说，“当时我们国家的盾构机 95% 都依赖于进口，技术被外国垄断，所有人都是摸着石头过河。”

张帅坤开着动辄几千万元、上亿元的盾构机设备行驶于幽深的隧道中，以每分钟仅二十多毫米的速度前行，高温、粉尘、潮湿和噪声……在不足三平方米的控制室里，他每天要坚守 12 个小时以上。

“我是世界上驾驶速度最慢的司机，却闯出了百姓出行、城乡发展的‘加速度’。”张帅坤回忆起那段日子时平淡地说。

张帅坤至今都记得第一次接触盾构机的场景。那是一条地铁的修建。混凝土搅拌车的轰鸣声中，他听见地下传来规律的金属撞击声——那是他只在教材图片上见过的钢铁巨兽，德国产的盾构机正在“啃食”花岗岩地层。“新来的？把安全帽扣紧！”工地上的老师傅提醒他。

张帅坤弯腰钻进竖井升降梯时，怀里的笔记本滑落在地。泛黄纸页间露出铅笔绘制的盾构机液压原理图，那是他啃了三个月德文词典临摹的。在电梯下沉的失重感中，

张帅坤工作中

他忽然想起离家前夜父亲对他说的：“咱家几代农民，你是第一个摆弄外国机器的。”

隧道里的热浪裹挟着岩石粉尘扑面而来。40摄氏度的高温让管片接缝处的密封胶散发出刺鼻气味，张帅坤的工装瞬间透出水痕。在昏暗的应急灯光下，长达数十米的盾构机如同伏地而眠的机械巨龙，刀盘上镶嵌的合金滚刀闪着冷光。

“启动预热！”德国工程师的声音通过扩音器震荡着耳膜。张帅坤被分配到最末端的注浆控制台，这里能清晰看见整条隧道——盾构管片内径5.4米，外径6.0米的管壁正以每天十几米的速度向地下延伸。

有一天凌晨，突发状况打破了隧道的平静。驾驶盾构机的老司机因突发疾病被送医，而盾构机正面临开掘以来最危险的复合地层——上软下硬的“铁饼岩”结构。项目总工程师扫视着仅有的几名中国操作员，最终将目光定格在张帅坤浸透汗水的笔记本上。

“小子，敢不敢碰主控台？”

张帅坤的指尖触到操作按钮的瞬间，液压油的味道突然变得鲜活。他想起学校实习时老师傅的话：“机器有灵性，你手抖一毫，地底就抖三丈。”监控屏显示刀盘扭矩已逼近临界值，岩层摩擦产生的震动让整台设备地震般剧烈抖动。

危机在午夜骤然升级。刀盘突然卡死，操作台迸出刺眼的故障代码——这是德国工程师严防死守的“死亡警报”，意味着主驱动系统脱困失败。

“必须立即开仓检查！”张帅坤的提议引发激烈争论。按照规定，进舱需德国专家现场指挥，但德国专家一时半会儿又赶不到现场。更致命的是，传感器显示刀盘前方出现不明水体，贸然开仓可能引发透水事故。

“听声音。”张帅坤指向刀盘方向。在规律的切削声中，每隔 17 秒就出现一次短暂的颤音。他展开自己绘制的地质剖面图，用铅笔仔细标注着岩层走向。他未曾想到，童年趴在矿山听钻机声辨矿脉的经历，此刻正在地底救赎这条钢铁巨龙。

时间在冷汗中流逝。张帅坤突然冲向材料库，扛出三包速凝水泥，大叫道：“我有办法！”

刀盘内部景象令人窒息。断裂的滚刀卡在岩缝中，地下水正从裂缝渗出。张帅坤在逼仄狭窄的环境中，嘶吼着指挥工人焊接加固。高温让防护服内积满汗水，靴子里滑腻得如同踩在鱼群上。完成最后一处焊接时，他的防护面

张帅坤在项目工地

罩因内外温差布满了水珠。

“刀盘恢复运转！”地面监控室的欢呼声传来时，张帅坤正趴在渗水的岩壁上呕吐。

“有人把盾构机司机称为‘刀尖上的舞者’，毫厘之间就能决定一个工程的成败，我偏偏要把这项技术练熟、学透。”张帅坤说道。盾构机轻则数百吨，重则数千吨，有液压、机械、电气、流体、出渣5大系统，30余个子系统，5万多个零件——这个“庞然大物”的操作，全掌握在盾构机主司机手里。如果司机技术不好，就可能造成机器损坏、地表沉降塌方、隧道轴线偏离等严重后果。

正因为这项工作需要拥有巨大的耐心、细心以及过硬的专业技能，张帅坤深知自己更要沉下心来，不能浮躁，必须一步一个脚印地往前走。

为了从实践中学到更多技术，张帅坤白天“泡”在现场，跟着工人师傅们一起维保、检修设备，晚上“抠”图纸、翻阅资料、钻研难题。他习惯把工作心得一一记录下来。盾构机组装，掘进的操作技巧、常见问题及应对措施……密密麻麻的笔记，写满了他对掘进技术的坚持。

就这样，张帅坤逐步从基层盾构机司机成长为盾构施工领域科技创新标兵，于尽头处开路，在平凡中闪光，在地层深处的隧道中书写了自己的精彩人生。

20 世纪 90 年代初，中国在隧道施工的核心装备领域被处处掣肘。

现代隧道工程的基石——全断面隧道掘进机（盾构机），几乎全部掌握在外国巨头手中。德国海瑞克、日本小松、美国罗宾斯等外国企业以其数十年的技术沉淀和专利壁垒，构筑了难以逾越的护城河。

动辄数千万元乃至上亿元的购置成本，榨取着本就紧张的基建预算。一台大型盾构机的价格，抵得上当时数公里的铁路造价。

此外，国外生产商还对技术进行严密封锁，绝不转让核心技术，“黑匣子”般的控制系统禁止中方接触。设备维修成了外国专家的“私域”，我们仅有操作按钮的权限。而设备一旦发生故障，只能停机等件，等待天价维修。核心零件被垄断、服务响应缓慢……漫长的等待期内，项目停摆，经济损失每日以百万元计。

同时，为欧美地质设计的盾构机，在中国复杂的地质面前，如富水软弱地层、高磨蚀性岩层、断裂带，频频“失灵”，其适应性与可靠性严重不足。

1997 年，为西康铁路秦岭隧道购置的两台德国盾构机

张帅坤（中）正跟同事一起讨论图纸

张帅坤（左二）正跟同事一起讨论工作

花费7亿元，随后在施工中遭遇的种种挫折成为中国隧道人心头难言的痛。那段历史烙印深刻提醒我们：核心技术是买不来的，更是求不来的。突破“卡脖子”瓶颈，只能依靠自力更生、自主创新！

进入21世纪，随着中国开始大量建设基础设施，如大规模高铁建设、地铁网络扩张等，复杂的穿江越海隧道工程，对盾构机的需求呈爆炸式增长，成本压力与技术风险成为无法回避的难题。借力国家重大战略工程需求，国家层面战略统筹，行业骨干企业勇挑重担，中国盾构技术自主化迎来破局曙光。

彼时，张帅坤的盾构机驾驶技术越来越娴熟，成为公司内小有名气的“岗位技术能手”。然而，他却陷入了另一个困境。

“我不断反问自己，作为一名盾构机司机，难道只是单纯地操作设备吗？这样墨守成规地工作真的有意义吗？”无数个夜晚，张帅坤辗转反侧，不断拷问着自己的内心。

有一次，由于导向系统数据不稳定，某地铁三台盾构机需要更换系统，只是一次简单的更换，请国外专家就花费了100万元。

因此受到刺激的张帅坤，依托盾构施工一线，组建了盾构队 QC 小组，开始带领团队走上开拓创新之路。

在服务维修工作中，张帅坤偷偷记录、拆解研究、反向摸索，积累了初步的技术认知。过程充满艰险，每一次核心部件的解体，都是一次技术的“破译”。

随着基础部件的攻关深入和技术经验的积累，张帅坤逐渐认识到：满足核心需求的关键，在于掌握核心技术。“引进消化”模式走到了尽头，自主创新成为唯一出路。

2010 年，张帅坤来到湖南长沙，加入了铁建重工——这个国内唯一一家没有引进国外盾构技术的企业。他和团队一起从零开始，边摸索边学习，埋头苦干，自主研发平衡盾构机。虽然没有数据可参考，但也不代表闭门造车。

第二章 破壁

面壁十年图破壁。

隧道深处，无边的黑暗吞噬了所有可见的光，只有机器工作时持续的巨大轰鸣撞击着每个人的胸腔。

张帅坤站在武汉长江隧道工地潮湿闷热的泥浆中，听着德国顾问严厉苛刻的指责回荡在这不见天日的地下王国。

眼前庞然大物般的德国盾构机如同一座沉默的钢铁堡垒，不可触及却又无法绕行——那些年，“盾构机”这个沉重机械装置的名字仿佛一记烙印，刻在中国无数建设者的心头。

盾构机——这台能在重重地底自行掘进、同时支护土层隧道的巨型机器，是建设地铁、海底隧道等一系列地下工程不可或缺的重器。

2010 年，中国大地渴望拓展地下版图时，90% 以上的市场却都被德国、日本等巨头分割殆尽，每一次工程启动都是“人为刀俎，我为鱼肉”的境遇。

每每说起那段长江隧道建造经历，张帅坤总会说那是一次刻骨铭心的痛楚记忆。德国制造的机器每维修一次，都需要经历漫长的海上运输与等待，还要付近乎天价的维修费用，时间在停工中消耗，项目如陷入无底泥淖，成本与绝望日渐堆积。

还有一次，张帅坤去一家德国企业做技术交流时，一道冰冷的警示响起：“核心区域禁止靠近！”隔着那道门禁森严的玻璃墙，张帅坤望着精密复杂、不可触碰的内部结构，如同隔着无法逾越的深渊鸿沟。那时，他便明白，这些核心部位一旦被封锁，将永远是禁锢我们自主创新的枷锁。他在心中立下誓言：“这堵墙，我们迟早要自己打破！”

在21世纪门槛即将进入新十年之际，国家战略的号角终于强力吹响：“必须实现盾构机自主化！”这个使命最终落定在张帅坤及其团队身上。

研发项目启动后，张帅坤在最初的图纸审查过程中，眉头越蹙越紧：眼前图纸展现的整机集成方案，竟然带着明显的拼凑痕迹，部件间配合生硬，如同将各异的身体部位强行连接。

张帅坤心头骤然发紧，随即用铅笔在那图纸上一挥，画下一道果断的斩切线：“推倒！结构设计必须推倒重来！这是第一道基础，根基如果松垮，整座建筑必塌无疑！”

那段日子，设计室里的灯时常彻夜不灭。墙上挂满一层又一层叠摞起来的设计图，渐渐被后续修正的图纸淹没，计算机屏幕上闪烁着繁复的模型参数，设计组骨干们的眼睛熬得通红，却在每一次微小的突破后燃起亮光。

有一天深夜讨论胶着时，张帅坤突然拍案而起，如同暗室里劈开了一道光：“模仿？不行！我们的地质如此复杂多变，外国的方案绝不能照搬套用！想想那些刀盘下的黏土，那些不断塌陷的流沙层，还有坚硬顽固的岩石！”

为了测试刀盘材料在极端地层中长久运转的能力，张帅坤团队的骨干小李每天都将珍贵的金刚石复合刀齿样品

张帅坤（前）跟同事正在工作

仔细用棉絮层层包裹，放进背包里，再挤着沙丁鱼罐头般的地铁去往郊区工厂进行试验检测。

有一天，一位工厂老师傅观察设备缝隙中渗入的水汽已逐渐威胁到传感器接口，毫不犹豫地脱下自己的棉坎肩裹了上去。“这个太金贵了。”老师傅坚定地说，“人挨点冻不怕，耽误了测试大事才真受不了！”

张帅坤看着这一幕，无声伫立良久，工人们粗糙的手掌所托举起的，不仅仅是这台崭新机器，更是整个民族工程尊严的珍贵种子。

2010 年 10 月 8 日，厂房内寂静到了极点。张帅坤屏息注视着红色幕布徐徐降下——“开路先锋 19 号”那巨大的暗黄色身躯终于第一次完整呈现在众人面前。所有人的眼睛被那庄严坚硬的金属光泽强烈吸引，连空气似乎也变得凝重了。

张帅坤缓步上前，轻轻抚摸着冰凉的机体外壳，仿佛在安抚一个初生的婴孩——多年困苦钻研，无数孤寂不眠的深宵与无人喝彩的测试之后，这颗深植心中的种子总算冲破阻碍，绽放出了属于自己的光彩。

检验真金，唯有烈焰。“开路先锋 19 号”首战，即面临了地层险恶的挑战：施工标段地下遍布富水砂卵石层，如同大量随时可能崩塌流淌的死亡陷阱。

盾构机初启时日进尺不足10米，远不及预期目标，更别说追赶国外设备的速度。巨大的压力如地下暗流汹涌而至，工地上一片寂静，连空气似乎也被这份沉重挤压得几乎停滞了。

那时，最严苛的挑战来自芙蓉广场站地下40多米深处那极为凶险的地段：刀盘掘进至该区域时，地下如同潜伏的水妖苏醒，高压地下水毫无征兆地猛然喷涌而出，水量迅猛增加，瞬间吞没了半人高的后配套轨道区域！操作室内响彻红色警报的尖叫，显示屏上亮起的黄色高压警示灯如同死神眨动的眼。

“水！快撤到后面拖车上！”惊喊声中，操作人员与工人互相搀扶着匆忙撤退，浑浊水流追逐着慌乱撤退的身影向后方流窜。“液压站！主驱动！绝不能被水淹毁！”

危急时分，张帅坤反而稳如泰山，他的眼神犀利似手术刀，急促却清晰地布下指令：“启动全部五台抽水泵！后配套区域内集中堆砌沙袋防洪墙！工程师紧盯PLC控制柜，严防任何一处被淹！”

经过长达8小时的不息抗争，险情终于被艰难平息了下来。暂时凝固的寂静里，衣衫湿透贴在身上，寒气阵阵袭来，每个人脸上都沾满了泥污。

短暂的寂静里，张帅坤等人不眠不休地重新审查监测系统返回的海量数据，他们敏锐地捕捉到关键症结：在穿越这段破碎层时，泡沫系统未能将水土改良做到最优状态，同步注浆的封堵未能将隧道周围的空隙封死，地下水由此寻隙侵入。

于是，系统参数被迅速重新优化：泡沫注入比例从3%小心调升到4.5%，同步注浆压力也被精准上调0.2兆帕……

当机器重新启动刀盘切割岩层发出的低沉轰鸣再度响起，张帅坤一直高度紧张的心情才终于平复下来，他指尖残留着的泥水的冰冷湿滑痕迹仍在。

经历了这番淬火洗礼，机器状态逐步向佳境攀升，穿越地层的节奏越来越稳健。

当月末统计数字揭晓时，工程调度室内顷刻欢呼沸腾："单月推进306环！月进达到459米！"这数字一举刷新了国产盾构机在该类复杂地层掘进速度的最高历史纪录。捷报传开之后，之前那个曾冷眼旁观、断言"中国盾构机不行"的德国工程师，竟私下找到张帅坤，恳求能看一看"开路先锋19号"的技术参数手册——至此，当年在海外车间的那道冰冷玻璃墙，终于在历史的另一端被我们迈出的坚定步伐彻底粉碎了。

听到捷报，张帅坤握着手机想立刻拨打电话，湿冷滑腻的手指数次艰难划过屏幕，却始终未能成功解锁手机。那迟来的、因高度紧张而迟迟未能退去的汗水，此刻成了他与狂喜间最真实的阻隔。

当“月进 459 米”这个曾被视为不可能的数字，从显示屏中跳进现实的刹那间，张帅坤最终垂下了紧握的手，只是低头凝视屏幕上闪光的数字——这一刻，所有曾经压抑的焦灼，在汗水蒸腾里升华成了更凝重无声的情感沉积。

历史将郑重铭记——这台被冰冷数字标记、却又由滚烫意志催生的“开路先锋 19 号”，在深埋泥土的征途中，最终凿穿了工程技术的藩篱，掘进抵达了民族信念的高标。

从初代破冰者至今，十余载光阴里，中国盾构机完成了跨越式的奇迹：实现了从彻底依赖进口到占据全球市场 65% 份额的巨大转变！

昔日张帅坤团队艰难探索的起点，如今已是万壑奔流之源——当“开路先锋”系列盾构机远涉重洋，参与意大利、新加坡等国际地铁项目建设时，那些曾被视为不可逾越的技术壁垒，在东方智慧与坚韧面前逐一土崩瓦解。

意大利那不勒斯的地下隆隆推进着的，正是一台刀盘上印有清晰汉字“CRCC”标识的盾构巨兽，如同命运精巧的呼应，它以每日 10 余米的平稳掘进速度，沉稳地续写着属于中国盾构机崭新的世界故事。

再深的隧道总有打通之时，再厚的墙终将被不屈凿穿开路。回顾当年昏暗泥浆里德国顾问严厉的责备，再看今

意大利西西里高铁项目施工现场

意大利西西里高铁项目首台铁建重工盾构机始发掘进

日全球版图上亮起的“中国制造”标识星点交织，“开路先锋 19 号”的掘进轰鸣声如深沉的号角。它划开的不仅是城市的经络，更是我们曾经被封锁的命运窒息感。

正是这份在封锁围困里的锐意图新突围，使这冰冷的金属巨物化作我们穿越屏障的硬核象征。当钢铁穿破地层坚硬的阻碍抵达彼岸，“开路”二字从此成为一种时代精神：没有什么绝壁高墙能真正束缚住奋力前行的脚步；路延伸之处，自有不歇的风穿越深埋的层土前来呼应。

地下不堵车，路却通到了天涯；隧道内沉寂无声，而世界已在悄然聆听这条中国路径传来的回响。

第四章 自强

2016年初春，湖南长沙。铁建重工的办公室内，空气里弥漫着窒息般的焦虑。

京沈高铁、豫机城际铁路开建，分别需求两台直径11米和一台13米的大直径盾构机。

办公室墙面上，巨大投影屏清晰展示着一行跨国报价单——三台大直径盾构机，天文数字赫然在目。外国公司销售代表尖细的声音在会议室中作响："12个月后交付，这是底线。"

彼时，在这个领域，我国还完全是空白。“因为盾构机的直径越大，制造越难。”张帅坤说：“当时，国产盾构机的制造能力连中型都只能勉强应付，遑论这庞然大物级别的工程。”

而几乎与此同时，三台机器的任务早已规划好，两台负责京沈高铁穿越复杂城市肌体与建筑群，一台要打通豫机城际双线铁路穿行在令人发愁的黏土地层之中。技术图纸封锁严密如同铁桶，国外的技术垄断扼住国内所有大型项目的咽喉，代价是昂贵的租赁费用与令人叹息的被动。

窗外钢筋丛林耸立，窗内工程师们神色凝重。盾构机项目总设计师张帅坤站在地图前，光影在他紧皱的眉宇间跳动。

“工期只给我们十个月。”张帅坤一字一顿地说道，目光扫过每一张熟悉却写满压力的脸，“十个月！我们要完成别人一年都未必能做完的事。这是无法推卸的命令，也是我们的使命。图纸设计是空白，技术标准更是未知领域，我们要从零画图，自主创造！”

十个月的工期要求，像一座险峻无比的高峰压在他肩上。大直径盾构机施工如同在地底深处操控一台精密的巨兽，断面大，挖出的土方量惊人，更可怕的是对上层建筑与道路沉降控制的精度要求极高，稍有不慎，地层波动几毫米，都可能带来难以承受的地面崩塌或建筑损毁。

在国外技术封锁下，每一个齿轮的转动，每一次液压的驱动，都需要张帅坤和他的“铁军”用“无中生有”的智慧去填补。正当图纸的轮廓在无数个不眠之夜的堆积下艰难显现时，一份来自远方的“私人文件”飞到张帅坤的办公桌——精心制作的结婚请柬，日期清晰明确，新娘的名字是他相守多年的恋人——房智慧。

手机在寂静中突兀地震动起来，屏幕上跳动着“爱人”的名字。张帅坤瞥了一眼，按掉那温柔的震动，心仿佛被细线勒紧了一寸。图纸上那些紧密的齿轮咬合、液压系统走向，刹那间在他眼中幻化作爱人布置新房时手指掠过窗帘的轻柔弧度，最终又重归冰冷而固执的线条。

国家工程刻不容缓，北京地下这道关乎发展的隧道，岂容私人情绪侵扰分毫？张帅坤疲惫地揉揉太阳穴，目光又沉入图纸堆叠的洪流之中。

手机屏幕不合时宜地再次亮起，张帅坤的爱人发来短短一句：“新房的灯，选暖光还是白光？”同时发来的还有一张图片，柔柔的灯光映着她微漾笑意的脸庞。这消息照亮了张帅坤眼底深处的幽深洞穴，那里分明涌动着疲惫和深重的愧疚。

张帅坤闭上眼，旋即强行抹净内心柔软的情绪，指尖在屏幕上迅疾而僵硬地移动：“你拿主意。还有事，晚点说。”按下发送键那一刻，手机屏幕的光映着他略显疲惫却固执的面孔。张帅坤知道，有些亏欠，只能由时间去累积计量。

结婚照

实验室昼夜流转，屏幕上不断迭代着盾构机刀盘模型。张帅坤再次接到爱人打来的电话：“婚礼的礼服今天寄过去了……能赶上定好的日子吗？爸妈在老家都准备好了。”他捏着设计图纸的一角，图纸边缘被汗水浸得有些软塌：“亲爱的，项目正在攻关节点上……我一定尽最大努力……”电话那边只传来微微一声叹息。

婚期一天天逼近，而实验室的灯光却从未熄灭。

而随着婚期临近，老家的电话已接连催促，项目客户方却几乎在同一时间通知张帅坤带领团队赶赴千里之外的设计联络会。张帅坤沉默片刻，拨通了爱人的电话：“客户那头有紧急联络……正好路过老家，我们就在家短暂停半天，把婚礼简单办了吧？”

驶往老家的火车在晨曦微光里穿行。张帅坤拖着半旧的行李箱，那箱体因塞满图纸和电脑格外沉重，唯一柔软处便是他那套叠放其中的簇新礼服。

老家小镇那短暂停驻的半日里，张帅坤被亲友簇拥着换上礼服，走过仓促备好的红毯，交换誓言，接受祝福。典礼举办时间被压缩到了极限，他甚至都来不及细看爱人披上嫁衣时的风采。

礼毕，张帅坤几乎是被推搡着又踏上了行程的汽车，赶往下一个陌生的城市。从西装到工装，转瞬切换，汽车尾气里飘荡着未散的喜糖微甜的气息，也裹挟着一丝对妻子和父母的歉疚。那个行李箱，跟随着他重回了旅程，礼服依旧紧紧压在电脑和厚厚的设计图上层。

项目基地巨大的厂房里弥漫着金属切削、高温焊接、机油混合的气息。“望京号”与“中原一号”两座钢铁巨兽在喧嚣中逐渐显露出庞然的骨架轮廓，每一步的拼合与对接都像是在进行一场复杂的外科手术。

“张工，刀盘驱动齿轮箱安装定位偏差0.3毫米！”车间主任指着数据焦急地报告。“0.3也不行！”张帅坤立刻脱掉外套，亲自钻进了狭窄的装配空间，与工人一起拿着千分尺反复测量、调整支具。汗水浸透的工装贴在脊背上，齿轮的润滑油蹭在脸上也浑然不觉。零星的饭食就在轰鸣不断的机器旁草草解决，大家困极了便蜷在装配区角落临时用硬纸板铺就的“床铺”上囫囵一觉。

高压电缆安装的那天，张帅坤带领着设计骨干，编入工人的班组，一起拉扯着碗口粗的沉重电缆。汗水与油污交织，手掌缠裹着胶带，成了那段激情岁月里最真实又令人肃然起敬的勋章。

时间在无休无止的焊接火花中无声燃烧，2016年9月，

中国铁建
引领全球建设发展，
穿江河，越湖海，
中铁十四局集团承建京沈客专京冀
做大直径盾构施工
缔造人类
精
续铁兵神威 穿江越海
建设单位：京沈京
施工单位：中铁十
设计单位：铁道第三

国产首台大直径高铁泥水平衡盾构机在京沈高铁始发

距离最终宣判只剩几天，两座巨型机械几乎成型，但张帅坤眼中的血丝与疲惫，却深深刻在眼底，丝毫无法消退。连偶尔的来电，他接听时也是强撑着简短回答几句：“在盯最后测试……就快了……”嗓子早被车间烟尘灼得暗哑。

就在最后一轮高压系统模拟测试的紧要关头，“噌”的一声，尖锐的电流爆裂声划破紧张的空气，安全操作间的照明骤然熄灭，监控屏一片漆黑，唯有应急灯在黑暗中发出刺眼的红光。

“糟了！”不知是谁的声音撕破沉默的恐惧。

张帅坤脸色骤然苍白如纸，在瞬间刺眼的红光之中，他的身形猛然晃动一下，几乎要站立不住。“张工！”旁边工程师一把撑住他摇晃的肩膀。紧急抢修！混乱的脚步，工具碰撞的刺耳声响，汗滴在地板上砸开微小的痕迹，每一分每一秒都压榨着濒临崩溃的神经。

漫长的半小时后，备用回路被成功激活，电源恢复的嗡鸣声如同天籁。监控屏重新亮起，所有参数稳定地闪烁着令人心安的绿光。张帅坤撑着控制台边缘的手，仍在无意识地轻轻颤抖着。

2016 年 12 月 28 日，“望京号”盾构机始发掘进。那一天的阳光显得格外温暖，投射到工地上，明亮慷慨地

张帅坤正在工作

张帅坤负责研发的国产首台高铁大直径泥水平衡盾构机“望京号”在长沙成功下线

覆盖在“望京号”这只钢铁巨兽身上，闪耀得如同披上了荣光的战甲。巨型彩带飞扬，喧嚣的声音仿佛在为蛰伏已久、终于觉醒的伟大引擎擂响了第一次属于自己的心跳。

巨大的鲜红幕布缓缓滑落，轰鸣般响亮的鼓掌声和欢呼声几乎要掀翻整个厂房坚固的顶棚。人们脸庞映照着钢铁反射的光线，也映照着激动泛起的潮红。

张帅坤站在人群前方仰望着“望京号”，喉咙被突如其来的潮热堵塞，耳边的声浪仿佛变成了模糊的背景音。他缓缓闭上眼睛，那些影像汹涌着闯入脑海——图纸堆积如山的办公桌；家乡仓促红毯上妻子那强作欢颜的眼神；冰冷厂房里那张硬纸板铺就的“床”；安全操作间骤然熄灭灯光后那令人窒息的死寂瞬间，都凝聚在眼前这台终于挣脱了桎梏、宣告自主诞生的国之重器上。

一滴液体毫无征兆地滑过他布满灰痕与刻着疲惫的脸颊，在阳光下微微闪了一下，悄悄滴落。这十个月，耗尽了张帅坤的时间与心神，耗尽了一个新娘期待的所有准备，更几乎磨尽了人肉身能扛住的极限。此刻，他只想对着眼前这铁与火铸造的奇迹，痛快地哭一场。

随后的日子里，“望京号”如手术刀般精准掘进3168米，它沉稳穿越繁华的京城市区，在那些沉睡或活跃的现代建筑庞大基座下方，大地母亲只轻颤了0.68毫米——这个不足指甲厚度般的数字，被国际权威记录在案，成为世界顶尖盾构机施工难以超越的新标高。

而驶入豫机城际工地深处的“中原一号”，以其持续不断掘进3800米的坚韧行程，更将长久缠绕着类似工程的噩梦驱散于无形：曾经死死缠缚住刀盘如附骨之疽的黏土泥饼、令人提心吊胆的带压进仓风险、淤塞如毒瘤的滞排黏泥、堵死管道与泵口的顽疾……在这台中国人亲手赋予灵魂的巨兽面前，彻底被瓦解。

这标志着中国在大直径盾构机施工领域由“洋盾构”一统天下的历史被改写。全世界工程界震惊：十个月！竟是从无到有创造出的奇迹速度。冰冷的机械躯体里，灌注着中国工程师滚烫的智慧和坚不可摧的集体意志。中国工程师用自己的双手，生生凿开了一条通向重器自由的隧道。

时间无声前行，隧道贯通成功的捷报传来。轰鸣庆祝的余音里，张帅坤被簇拥着站在巨大刀盘前。钢刃如镜，映着他沾满机油尘土却神采焕发的脸庞。他习惯性地探手进衣袋，摸到那张一直随身的照片。指尖摩挲照片一角时，他动作忽然停顿了一下——指腹沾上了几道蜿蜒湿润

豫机盾构隧道参建人员合影

的痕迹，像薄雾凝成的露滴，不知何时浸染了微微斑驳的影像，浸润了照片里爱人纯真的眼眸和洁白婚纱。铁与汗的工程勋章，与那张纤薄却珍贵的照片，在这一刻静静抵肩相靠。

“张工！”张帅坤的身后传来兴奋的喊声。“嫂子……她真人就跟照片上一样好看吧？”

张帅坤没有回头，只是将染着汗渍和泥土气息的手指，更深地按入胸膛衣袋，仿佛想凭此触探那柔软婚纱所包裹的心跳；又仿佛这方坚硬辽阔的土地，唯有他怀中那方寸的印记最沉重，证明那些错过与拥有的光芒同在。这条钢铁长龙伏过的土地，同样蜿蜒贯穿了他那朴实无华的婚礼誓言——那行李箱中的半日温暖，亦成为山河隧道里，永远流淌的涓涓情流。

2016年，“望京号”成功下线，掘进时地面沉降仅0.68毫米，达到世界领先水平。同年，张帅坤团队研发的国产首台铁路双线超大直径泥水平衡盾构机“中原一号”也顺利始发，开挖直径达12.81米。自此，“洋盾构”独占我国大直径泥水平衡盾构机施工领域的局面一去不返。

向着更大直径盾构机不断挺进，也成了张帅坤及其团队矢志不渝的目标。

“望京号”成功下线的那天，有人递过来手机，接通了电话。那边传来妻子房智慧无比熟悉的温和平静声音：“都看见了新闻……真好！”她的声音突然有了些奇异的停顿与柔和，“我等你回家。”没有一句抱怨，没有一句对错过的蜜月时光的责问。张帅坤握着手机，如同握住了一颗滚烫跳动的心。他用力地点头，像是要对着那看不见却近在咫尺的温暖允诺。

盾构机前，张帅坤长久驻足，仿佛正在聆听一部无声的史诗在脚下的深土中奔流不息地涌动——那是巨兽在地下坚定掘进发出的深沉震动，更是无数个他和他们永不停歇的生命脉搏。这是属于钢铁巨兽的故事，更是属于钢铁铸就灵魂的人们的故事。从此，中国的脉动在每一次向深处掘进的刻度中稳固扎根。

铁轨最终延伸向更远的未知方向，而钢铁之下的温度，却久久镌刻在深深的地底隧道壁上，成了所有后来者跋涉于此便能感知到的有力心跳。

第五章 脊梁

张帅坤没有自满，他把目光聚焦到了新的挑战：我国地域辽阔、地形多样、地质复杂，能否为每一项重大工程制定最经济、最适宜的盾构掘进设计方案？

很快，新的挑战来了！

兰州地铁一号线穿越黄河段开工建设。西伯利亚的冷风挟带着粗粝的沙尘扑打着黄河两岸，裹挟起千百年沉积的沧桑气息。滔滔河水自上游裹挟着西北高原的蛮荒力量奔腾而来，在人们眼前浩荡东去，色泽浑浊沉重如翻滚的泥浆。河水的咆哮声昼夜不息，如同一颗横亘于天地间的巨大心脏，在冰冷夜色里轰然搏动着。

黄河边，巨大的施工围挡圈出了城市的雄心所在，那里沉卧着一台盾构机。它那庞大的身躯和冰冷的钢铁外壳深扎于泥土，在周围粗粝的砂石环绕映衬下，宛如静卧地心的史前巨兽，暂时将吞噬钢铁的尖牙利齿藏了起来，只等待着一声唤醒它的指令。

张帅坤伫立在河岸高地，俯视着裹挟泥沙奔涌的黄河波涛，那浑浊卷着漩涡的激流，仿佛悬在他头顶的青铜重剑，无声地加重着他呼吸的艰难。

张帅坤深知，脚下这片黄河河床深处，埋藏的是他从未经历过的凶险挑战——全断面高含量、大粒径漂石地层。每一次技术讨论中醒目的“漂石含量”数据，都像一把冰冷的刀反复刮过大家的神经。那些坚硬、巨大、棱角尖锐的漂石，如同史前巨兽的牙齿，深埋在地底蛰伏，静待着吞噬一切妄图穿越黄河的钢铁筋骨。

项目启动会议的氛围压抑凝重，几乎令人窒息。张帅坤团队围坐桌旁，长条的会议桌上，地质勘测报告堆积如山。其中一张图纸格外醒目，图纸上密密麻麻的黑色圆点几乎覆盖了整个河道剖断面，每一个黑点都代表着一颗直径超过40厘米的巨大漂石。

一位头发花白、浸淫隧道工程数十年的老工程师缓缓摘下眼镜，指着图纸上的那些黑点，语气沉重地对张帅坤说道：“张总，这里头钻头钻了都怕寸步难行……这是黄河的水路，底下住的，恐怕是活生生的‘河龙王’！我们这把硬骨头，真的要拿牙口碰？”

“碰！还要啃碎了咽下去！”张帅坤一掌拍在那张布满黑点的河道图上，图纸发出沉闷的声响，周围的空气随之震动。他目光灼灼地扫过会议桌上每一张带着疲惫而犹疑的面孔，声音嘶哑却带着不容置疑的分量。

“黄河底下没有龙王，只有我们顶在肩上的这条钢铁巨龙。既然它啃不动，那我们就改它的牙！”字句间迸溅出的火星灼烤着会议室四壁。

时值初冬，寒气渐重，“黄河号”盾构机那冰冷的钢铁刀盘在一阵刺破地心的巨大轰鸣后开始旋转掘进，那低沉的声音穿透地层，宣告着一场关乎生死成败的战役正式打响。

控制室里，屏幕上显示的各类参数开始时如同温顺的曲线缓慢行进。然而，仅仅推进了十几米，现实就以最粗暴的方式给予回应——刀盘转速骤然剧烈波动，推力数据

张帅坤在检查设备并做标注

失控飙升，整个盾构机猛烈摇晃震颤起来。监控屏幕瞬间跳起一片触目的血红色警报。盾构机正前方，那坚硬的大漂石群，就像埋伏在战场核心的装甲壁垒，跟盾构机第一次正面碰撞，便轻易折断了这支钢铁先锋的锋利矛尖！

“全线暂停！紧急停机！”急促的指令声划破沉闷的空气，控制室内瞬间落针可闻。掘进系统已经强制锁死。几个年轻的技术员脸色霎时变得惨白。

专家论证会紧急召开，灯火通明通宵达旦。狭小的房间里挤满了各路顶尖专家。金发碧眼的外国专家说话的语气强硬得如同寒风的低吼：“荒谬！此类地层根本不适合采用泥水平衡盾构机施工。”外国专家双臂交叉胸前，下颌高高抬起，看过去像一尊宣告审判的冰冷石像。

张帅坤站在巨大的地质剖面图前，炽白的灯光把他略显佝偻的身影投射到那些狰狞的黑色漂石图案上。图钉的痕迹、红蓝铅笔的线条和他画下的层层复杂圆圈，盘踞了整个图纸表面。他坚定地宣告道：“调转方向已经来不及了，黄河不等我们！设备已在井下生根，我们必须浴火重生，就从它如何啃碎这些石头的硬牙开始！”这个构思如同划破厚重云层的霹雳，瞬间劈散了会场迷茫而躁动的空气。随后的讨论逐渐聚焦于“破”与“排”两大核心命门。

漫长的冬夜似乎永远没有尽头。简陋的工棚顶棚被冰冷的铁锤和焊枪火花一次次照得明灭不定。外面呼啸的黄河寒风肆意穿透板壁间的每一条缝隙，带来刺骨的气流，无情地侵袭着这里每个人的身体。

张帅坤伏在凌乱摆放图纸堆的桌上，独自在一盏发出刺眼灯光的台灯下勾勒着他的构想。其他工程师蜷在角落的破沙发上小憩，工装未曾离身，他们身上混合的烟味与机油气息也早已凝固成身体印记的一部分。桌上那不知被谁遗忘的半杯隔夜浓茶，早已失去了全部温度，杯底沉淀着难以溶解的茶叶碎末，在灯下显出深沉的棕黑。

又一个通宵破晓，方案图纸在张帅坤桌上层层累叠、交错、覆盖。当曙光勉强穿透工棚窗上结满霜花的玻璃时，一份凝聚着数个不眠之夜构想的设计蓝图终于铺平在众人面前。图上线条密如蛛网，其中几个亮点被特意勾画出来，刺目的红色记号笔圈注着“双采石箱接力排渣”“自动堆焊 + 合金耐磨管路”“高效流体携渣”……这些文字，如同在图纸表层燃烧起炽热的火焰印记。

整整三天三夜，盾构机深埋地下，经历了一场彻底的重生。此刻，它已被赋予了全新的钢铁骨骼和心脏——双

兰州地铁一号线穿越黄河段项目工地

采石箱犹如两扇坚不可摧的牢门，严密监控所有漂石轨迹；一次破碎锤与二次碎石机形成了连绵不绝的钢铁咬合；关键管路通道全部包裹上坚硬的合金铠甲；整个排渣过程，像被一道坚韧的水下清流温柔地裹挟着引导前行。

改造完成的这天清晨，黄河边浓雾深锁如巨幅帷幔低垂。张帅坤立于控制室最前沿，目光死死盯住屏幕，双手扶着冰冷的操作台边缘，指节因过分用力而泛出紧绷的白色。重启的指令发出，低沉的轰鸣再次透过层层岩土从地底深处传递上来，这一次稳定有力。

“成了！”控制室里不知是谁第一个声音嘶哑地吼出来，随之大家爆发出压抑已久的欢呼声。那欢呼声在狭小的空间里碰撞、回荡，最后滚烫地冲出控制室的门。几个工程师在震动的地板上相互抱在一起，泪水在布满灰尘的脸上冲出沟壑；有人冲出门口，对着远处黄河奔涌的浊流，发出原始而亢奋的长啸。多少个日夜紧绷的神经在这一瞬间熔解崩溃，又在这一瞬间被强烈的火焰点燃重铸。

张帅坤的身体也在微微颤抖着，他缓慢而重重地、长长地吐出憋在胸口不知多久的那口气，那吐纳带着一股深沉的铁锈和火焰灼烧过的硝烟味道。当浑浊的液体终于模糊了镜片后的视线，他用沾满机油和泥污的手掌狠狠抹了

张帅坤正专注地工作

一把眼睛，手掌沾染的黑灰色污迹混杂着泪水在脸上拉出一道斑驳的印痕。

成功穿越黄河捷报的余波犹如黄河奔涌的浪潮，在行业内激起震荡不息的回响。河水汹涌，裹挟着黄沙，亘古流淌如金。张帅坤的眼睛凝望着水与天相接的遥远方向。远处夕阳如熔金般铺满整条黄河之水，映照着河堤下方那条深藏在历史河床腹底 30 米处的地铁隧道。一列银白色地铁悄然驶出隧道口，像一尾滑入金色河道的灵巧光梭，轻盈而平稳地汇入城市的璀璨脉搏。

地下深处，那曾经吞噬漂石的钢铁巨兽早已封存进历史，此刻轨道穿行的路径，却永久回响着心中那场钢铁与巨石的生死厮杀。它们无声沉淀于此地，最终凝聚成一条通向光明彼岸的轨迹——从此，千百年泥沙俱下的滔滔黄河之水，裹挟着它磅礴的记忆与崭新的历史，在人类以智勇所锻造的钢铁堤岸之间，奔涌向前，不再回头。

“一定要让‘中国制造’在世界抬起头！”张帅坤临危受命，埋头研究，创新应用双采石箱等技术，颠覆了泥水平衡盾构机在地层中的破排机理，实现了国产盾构机四次穿越黄河，解决了盾构机在高水压、全断面、大粒径漂石地层中施工的世界性难题。

第六章 淬炼

在辽阔的中华大地上，每一条穿山越岭的隧道都书写着中国工程技术的壮丽史诗。而在这无声地穿行中，盾构机无疑是最耀眼的明星。

然而技术自主创新之路并非坦途，不久，一场更为严峻的挑战在常德沅江之底悄然展开——这不仅关乎技术创新，更是一次生死时速的盾构救赎！

常德沅江隧道，这条设计全长仅 2.1 公里却承载着城市发展命脉的通道，埋藏着中国隧道史上最为凶险的地质构造之一。在盾构机前方的是以下三大凶险。

一是复杂水系“陷阱”——隧道需下穿沅江，河床覆盖层极薄，最高水压达 6.3 巴（相当于水下 63 米深承受的压力），隧道顶部与沅江河底的最小距离竟不足一倍洞径——如同在江水腹地的浅表层穿行。

二是“刀具杀手”——地层中卵石含量为 50%—70%，最大者超 60 厘米，石英含量 78% 以上，岩石强度极高。盾构机切削时每分钟承受高达 300 次卵石冲击碰撞，刀具磨损速度较普通地层激增 5 倍以上。

三是高渗透地层的“水”之考验——卵石间空隙巨大，如同海绵。高水压环境下地下水猛烈渗透，泥水平衡控制难度陡增，刀盘开口极易堵塞。

在沅江隧道这片“磨刀地狱”中，盾构机刀具磨损速度远超预期，频繁换刀成为常态。然而，每一次停机换刀，都意味着在巨大水压与松散地层中进行高风险作业，如同在随时可能决堤的洪水下拆解机器核心部件。

按照传统方法，换刀需经历一系列“险招”：首先，需要工人在高压环境封闭刀盘仓，形成稳定工作腔；其次，作业员经严格加压适应后进入高压舱，他们往往要在狭窄、闷热的舱内高强度作业 4—6 小时；最后，还需要

国产首台常压换刀超大直径泥水平衡盾构机“沅安号”

经历数个小时的缓慢减压以防致命的“减压病”。整个流程耗时至少 24 小时，不仅效率低下，而且人员在高水压环境下长时间作业面临生命威胁，每一次换刀都是在挑战生理极限。如此凶险的“换刀劫”，成了制约项目进度的“命门”。

时任项目总设计师的张帅坤因此被推向了风口浪尖，这位曾催生“望京号”“中原一号”的总设计师深知：依赖传统换刀技术只会是一场“生死赌局”。在巨大的压力面前，他果断拍板：必须攻克“常压换刀”技术——实现无须人员暴露在高压环境下的安全、快速刀具更换！这绝非简单改造，而是一场关乎盾构核心安全能力的突破。

2018 年深秋，沅江水依然奔涌不息。装备了常压换刀系统的盾构机再次出征，直面那片“磨刀地狱”。

盾构机在掘进不到 600 米时遭遇超强卵石层，常压换刀系统精准启动、完美保压，仅用 3 小时完成首次刀具检查与部分更换，对比传统换刀的 24 小时以上耗时，效率提升超 700%，且无须人员加压。

突然，盾构机遭遇超大孤石群，刀盘扭矩异常飙升、推力陡增，监测系统显示多把刀具断裂失能。常压换刀系统再次力挽狂澜——工程师在绝对安全的常压舱内进行抢

Weihua Crane
建
铁
CR
中国铁

国产首台常压换刀超大直径泥水平衡盾构机『沅安号』刀盘正面照

修作业，连续完成三次关键换刀，其累计作业时长不到传统方法一次关键换刀的时间，成功避开塌方风险。

沅江隧道于 2019 年如期贯通。张帅坤团队累计运用该系统进行作业 100 余次，累计更换刀具近 1000 把，单次最快换刀时间压缩至惊人的 90 分钟。而工程核心突破点正在于：事故率归零、人员安全系数最大化、工期效率大幅提升。

常压换刀系统的成功，是盾构技术史上的一个重要里程碑，其意义远超单一工程困境的解决。该系统标志着中国在“极限地质下盾构机维保核心技术”上实现全球领先，系统各项关键指标（保压稳定性、换刀速度、安全性）均超越当时世界最先进水平。

此后，“张帅坤方案”为长江、黄河、珠江等大江大河以及更深海域隧道工程扫清了核心障碍。如今芜湖城南过江隧道、深江铁路珠江口隧道等国家战略工程中，常压换刀系统已成为关键核心技术保障。这套自主知识产权的“张帅坤方案”极大提升了国产盾构的国际竞争力。

沅江换刀战展现了中国工程师的不屈智慧与担当精神。张帅坤带领团队在没有硝烟的战场以血肉之躯直面地心压力，为中国基建在世界之巅竖起了又一座不可磨灭的

国产首台常压换刀超大直径泥水平衡盾构机“沅安号”胜利始发

丰碑。

沅江水长流，巍巍钻地龙。当张帅坤走出项目工地，耳边响起的早已不是设备轰鸣，而是大国重器跨越深渊的沉稳脉动。试验的刺耳啸叫已被写入中国盾构史——那是一个民族向世界证明，人类完全有能力在高压深渊起舞，甚至重新定义深渊的边界。从打破“洋盾构”垄断到驯服

常压换刀超大直径泥水平衡盾构机获得中国设计红星奖，图为获奖证书

万钧水压，张帅坤团队的每一次突破都像是精密咬合的齿轮：用自主创新粉碎封锁，以极限攻坚重塑规则。

张帅坤团队填补了国产盾构机常压换刀技术领域的空白，并首次应用具有完全自主知识产权的箱涵同步拼装、管片协同倒运等新技术，经受了双线 2×1680 米全断面卵砾石高磨蚀地层、液氮低温冻结环境的考验。

沅江换刀的数据流在云端奔涌不息，它们向世界传递的并非冰冷数据，而是一个文明最炙热的信条：真正的奇迹并不在云端闪烁，而在人类以意志对抗高压的每一寸推进里——因为地下万米处永不熄灭的灯光，早已成为这个时代最夺目的星群。

第七章 砺锋

0 时 13 分，北京东六环之下。

中控室内刺耳的警报撕破寂静空气——地表沉降数据猛然越过那条鲜红的临界线。

“报告！隧道 5-3 沉降点已跳至 35.3 毫米！”监控工程师喉咙发干，手指僵在屏幕前。35.3 毫米——这足以折断一座钢筋铁骨的隧道。

总设计师张帅坤冲至屏幕前，只一眼，便感觉脚下地层发出恐怖的嗡鸣。那震动似乎直抵肺腑。“立即启动一级响应！”他抓过对讲机，“地保队、机电班组、地质组全员待命！通知地面，严禁车辆进入！”

项目调度室内瞬间涌入刺眼的灯光与纷乱的脚步声。每一分贝的嘈杂皆在宣告：“京华号”这条巨龙及它身后的百人团队，正跌入前所未有的险境中，东六环下的地层正无声塌陷。“京华号”的意义非同小可——这是首次以“京”字命名的国之重器，高过 5 层居民楼，全长 150 米，重达 4300 吨，是当时国内最大直径的泥水平衡盾构机。它的内部构造精密繁复如一座小型城市，是名副其实的“地下航母”，背负着改写北京交通史的使命。其担负的东六环隧道工程，乃北京城市副中心“头号动脉”工程。其任务是将地上拥堵不堪的六环主干道引入地下 9 米深处，打通城市副中心交通脉络，重塑首都发展格局。工程难度之巨，世所罕见：盾构单次掘进长达 7.4 公里，需在“豆腐层”（高水压粉细砂地层、沼气层、有毒有害气体、上百处危大风险源）间穿越。稍有不慎，便是桥梁倾覆、地面塌陷的灾难。

“就像把一枚缝衣针插进承重墙，还要确保它不破坏墙的构造与稳定。”张帅坤如此描述工程面临的挑战。这一艰巨责任，最终落在他肩上。

同事们眼中的张帅坤，有着“在岩浆边上走钢丝”亦能保持镇定的冷峻气质。然而，担任东六环项目负责人之初，面对“京华号”及其任务书，他也坦言：“没有一次挑战如此凶险。”这一次地下的凶险，考验着这位身经百战的老兵的神经。

张帅坤深知此役无先例可循。工程启动前，他就带领团队反复推演可能遭遇的每一个“劫数”，细至一粒沙石的位移、一个液压接头的应力极限。每段高危区皆有预案，其资料堆叠起来足有半米之厚。

穿越的初始阶段仿佛演练般顺利，“京华号”发出低沉轰鸣，刀盘稳定旋转，泥浆系统以精密节奏管理着前方流沙与后方废渣的交换平衡——泥水平衡盾构法的核心技术正于此体现。

“那时，数据稳定得让人有些‘安心’。”但这份宁静终究短暂。操作屏上一个数值微小却连续的起伏终于刺入技术人员双眼——地表沉降正偏离既定轨道向上爬升！

监控系统立即启动红色预警。“沉降点有异常变化！”对讲机传来令人心惊的声音。

张帅坤第一时间命令“京华号”暂停掘进。张帅坤团队如同精密仪器启动应急程序：排查传感器，比对历史数

张帅坤（中）正跟同事一起商讨工作方案

据，分析周围地质取样。可所有的计算与推演此刻都指向同一个可怕的结论：预警正确无误，隧道上方的沉降如同无法逆转的潮水，正漫上堤岸。

“立即全面排查问题根源！”张帅坤的声音带着紧绷金属的质感，“同时联系地面单位加强巡查频率！”

地面监控装置将地表变形的影像实时传回中控室。众人清晰目睹，那个令人窒息的数字终于爬上了灾难边缘——沉降 35.3 毫米，远超设计极限！刺耳的警报声瞬间撕裂隧道中原本有序的轰鸣。

张帅坤立即宣布启动一级预案——真正的死战，在警报与闪烁的红灯下展开。

那一刻开始，东六环之下的世界进入了完全不同的节奏——时间被拉伸又压缩，每个人的神经都像被放在火上炙烤。

张帅坤亲自带班，坐镇地下操作室最前线，此刻他的声音成为协调整个救援行动的神经中枢：

“稳住刀盘转速！”

“沉降点 B 区数据报给我，每半分钟一次！”

“技术组，计算最新土层应力模型，立刻！”

盾构机停止了向前的雄心，被迫展开一轮又一轮“回填手术”——向掘进空隙注入特制膨润土泥浆，以凝固流沙，支撑起濒临瓦解的空洞。“像是在人体动脉里修补溃口。”张帅坤回忆道，“每一次操作都像踩在钢索上，压力量增一分，地层可能彻底撕裂；而少一分，空洞会加速吞噬地面建构筑物。”

然而，沉降指针冷酷如故，始终悬停在红线边缘。技术员的声音在颤抖：“张总，指标几乎不动了……”

空气仿佛凝固，只有仪器低沉运行声作背景音。工程总监王杜功后来回忆道：“那几小时，地下气氛比冰霜还冷，时间像被冻结了。每一次沉降仪数值微跳，我感觉自己的心跳都停顿一瞬。”

张帅坤双手支在控制台上，猛地抬起布满血丝却无比清醒的眼睛：

“启动第 4 号预案——同步注浆！压力提升两档！”

“膨润土泥浆再加 3 方！调整比例！”

“刀盘转速下调 15%，扭矩提到最高阈值！”

指令精准落下。隧道内原本焦灼的空气像是被注入了某种滚烫的意志，工程师和技术员们重新扑回到控制界面和机械设备旁。

这是一场极限博弈。注浆孔开始稳定输送凝固剂。盾

打造超级地下工程装
中国铁建
国产最大直径盾构机(16m级)
荣耀下线
中铁十四局
铁四院
首发集团

国产最大直径盾构机『京华号』荣耀下线

构机后方区域，巨大的膨润土搅拌罐嗡嗡鸣转，黄色浓稠浆液沿着管道被压入四周岩土孔隙间。每一个操作都在试图重新黏合、强化这脆弱的地下结构层。

所有人都在等待那个微小却足以扭转乾坤的数据变化。中控室内，巨大的倒计时屏闪烁着“已持续 67 小时”。大家目不转睛盯着屏幕右上角那个小小坐标点，仿佛要将它洞穿。终于——沉降线在剧烈挣扎后，缓缓掉头！

“降了！张总！数据在动了！”技术员的声音打破了中控室的死寂，带着难以置信的震颤，“35.3 毫米……34.8……34.5……”大家几乎不敢用力呼吸，生怕干扰这近乎神圣的下滑趋势。如同黑暗中乍现的晨光，那顽固不化的数值正显示出妥协的征兆！所有人的目光灼热如炬，牢牢锁定屏幕上那条微弱的曲线，屏息凝神。它的每一次轻微坠落都昭示着胜利的靠近。

沉降曲线最终归稳于安全区域内，警报灯在解除时亮起，宣告灾难被强行驯服，成为纸上虚惊一场的记录。“京华号”的灯光穿透隧道湿冷空气，机器重新稳定发出低沉震颤——那是钢铁心脏再度搏动的有力声响。

在确认地面安然无恙后，张帅坤从主控椅上缓缓站起。身后的团队鸦雀无声。他环视四周——工程师们深陷的眼窝上遍布血丝，嘴唇发干结痂，工装上泥灰板结得如同铠甲。他深深一躬："这几十个小时里每一次坚持，都是一座堡垒！感谢各位！"

年轻的工程师抹了把脸，泥水混着泪水流下："张总，我们真的踩出一条生路来了！"

东六环隧道内骤然爆发出惊天动地的欢呼声、掌声与压抑了许久的哭泣声。这些声音在钢铁腔体中猛烈回荡穿透地层，惊飞桥边几只灰鹊。"京华号"的灯骤然亮起，如同黑暗大地睁开一道灿烂的眼睛。

后续掘进中，"京华号"化身精密的"数字舞者"。沉降数据的波动被监控系统即时转化为电信号，控制着数公里长的环流管路网络。膨润土泥浆宛如生物血液般被精密计算输送至刀盘掘动产生的每个空隙中，凝固力支撑起脆弱土层，将沉降数据严密控制在 0.2 毫米至 0.4 毫米之间——比一根发丝更精细的变动。北京地下 7 公里隧道的每一毫米推进，皆由无数看不见的电流信号以毫秒级反应堆砌而成。

当"京华号"最终从另一端接收井破壁而出，巨大刀盘精确停靠在预设线位点，而误差仅为毫米级时，张帅坤才允许自己长长吐出一口气：那道分隔生死与成败的红线，终于被他们用血肉智慧与钢铁意志，重重碾在了身后。

一年后的工程庆功宴上，有人调侃起张帅坤那次惊心动魄的长达几十个小时的指挥。他轻轻摇晃杯中清水，笑着说：“我当时是真怕塌了啊……”那轻松的语气背后，凝固着隧道岩壁深处永久的记忆。

2023 年 1 月，“京华号”隧道贯通瞬间被镜头定格，张帅坤站在这一“地下蛟龙”身前合影。他身着简朴工装，身影在巨物映衬下渺小如一粒微尘，却又在厚重混凝土墙壁上投下巨人般的影子。

项目工作日志的最后一行这样写道：“从 35.3 毫米到 0.4 毫米，是我们用意志缝补大地裂痕的过程。这不是奇迹，是成千上万个选择用肩膀顶住坍塌的人，在黑暗中一起屏息数了成千上万次心跳才走完的路。”这行字如同地壳深处悄然凝聚的水晶，默默封存了那些隧道中的不眠灯光。它们将穿透时光，在后来者仰观首都地下长龙时，照亮一个民族的钢铁意志与匠心——他们用汗水焊接起时代的路标，将不可能的路，一寸寸锻入现实深处。

张帅坤常说，办公室里造不出盾构机。直到今天，张帅坤的微信头像依旧是他领军研制的国产超大直径盾构机

张帅坤（右）在台上接受现场访谈

“京华号”，图片留白处写着：“埋头潜行，惊艳岁月。”这8个字无疑也是国产盾构机从无到有、从“跟跑”到“领跑”的最佳注解。

第八章 回响

当“开路先锋 19 号”在长沙地铁的深隧中初试锋芒之时，它掘开的不仅仅是长沙复杂的地层，更是一个伟大梦想的发端。这匹“拓荒牛”身后不再是一个孤勇的剪影，而是一个从泥土中崛起的军团——从初代自主研发的步履蹒跚到如今“江河湖海城”的纵横开阖，中国盾构机正破土而出，迎向全球大地深处更浩大的轰鸣。

暗河穿山，深隧通城。十几年前，当第一台“开路先锋 19 号”在长沙地层深处掘进时，没人能预见到这声轰鸣能震动整个世界。然而，就在多年后的莫斯科郊外，一支中国盾构军团却在钢铁的冰冷与泥土的坚韧间谱写出一曲凯歌：零下 30 摄氏度极寒覆盖的冰封荒原中，五台身披中国红的钢铁巨龙正昼夜不息向下掘进。冰凌在钢铁外壳凝结又被震落。

透过操作舱的厚玻璃，中国工程师王朝辉凝视着监测器上平稳跳动的绿色数字链，耳旁回响着俄方项目经理谢尔盖难以置信的感叹：“60 年前我们教北京修地铁，60 年后中国盾构机在为我们打造新地下动脉，这太神奇了！”这声跨越甲子的惊叹背后，藏着一个庞大“地下军团”的悄然崛起。

在“盾行江河湖海城”的号角声中，一支由 120 余名高端创新人才组成的队伍，已在无数个如莫斯科这般极端的工程现场淬炼为业界翘楚。他们不仅承担着 7 项国家级与省部级重器研发任务，更以 300 余件授权专利织成一面耀眼的知识产权护盾。在王朝辉的地下施工智能机器人以毫米级的绝对精度穿梭于高危作业区的时候；在范瑞强的渣土分离系统将“建筑垃圾”点石成金般转化为再生资源的那一刻；在熊晨君凭借其专利传感网络于千里之外精准判断并排除盾构机微小“病灶”的那一瞬，中国高端制

张帅坤在车间留影

造在土壤之下的生命力，如同春草在钢筋水泥之间坚韧萌发。

钢铁巨兽的形态也开始突破想象力的极限。“梦之队”手中诞生的盾构机阵列，不仅填补了从0.5米袖珍隧道到23米垂直深井全部的空白，而且其穿行姿态如同被赋予生命，不再局限于标准路径。它们横着切入山腹，斜着打通江底；它们会灵巧“拐弯”，在都市建筑密集群中“绕行”；它们能抵抗陡坡向上掘进——让工程师们津津乐道的，当数一台用于某长江支流排水工程的异型盾构机：“为了避开高铁地基，它在江底画了个优美弧线，如同一条灵活的地底蛟龙。”而其中“梦想号”，便是这钢铁血脉奔涌至巅峰的光辉存在。

在寸土寸金的上海静安区，当这座世界最大地下智慧停车库的蓝图展现于世人眼前时，直径达23米的垂直掘进任务曾令整个业界望而却步。如果没有“梦想号”这般垂直向地心发力的巨无霸，便无法凿穿深达50余米的垂直筒仓。这座以万吨之力沉潜入地的国之重器，以绝对力量为智能化超级地下空间打通了生命通道。地表的混凝土森林静默，而地表之下，中国标准在地下空间构建领域第一次树立了全新的尺度——全球范围内尚无比肩者。

历史性一刻定格在2021年5月28日。在中国两院院士大会上，习近平总书记的庄严宣告响彻整个会场："最大直径盾构机顺利始发。""京华号"被郑重写入《习近平新时代中国特色社会主义思想学习问答》，成为从中国制造到中国创造伟大跃升的生动实践。它承载的不再仅仅是掘进任务，更是国家意志与科技自信的具象化身。当它作为中国装备制造的顶级代表作，相继亮相于国家"十三五"科技创新成就展与"奋进新时代"主题成就展，接受党和国家领导人检阅时，冰冷钢铁在聚光灯下泛出的是中华民族的自强不息。

荣耀绝非无根之木，传奇源于泥土淬炼。莫斯科项目不仅仅是一场零下30摄氏度极寒的极端环境大考，更是中国盾构"江河湖海城"战略的硬核宣告。面对冰封千载的冻土，传统盾构润滑油会因低温而凝固变黏，设备也会反应迟钝效率骤减。技术团队将电热保温系统缠绕于核心传动结构，如同给盾构机穿上了一件恒温外套。刀盘系统也经过特殊低温钢材和抗冻设计，如同给钻头镀上坚硬的"防寒鳞甲"。日进35米的中国速度，不仅创下俄罗斯地铁施工史的新纪录，更是中国工程师连续三十多天在滴水成冰的操作舱昼夜不歇奋战而刻下的荣誉勋章。

中方工程师留在印度，对盾构机进行精微调校，并向印方提供经验指导。图为中印双方工作人员合影

来自莫斯科市政设计院的专家瓦连京站在正在贯通的隧道口感叹道：“过去是我们向你们输入地铁建造技术，如今却要向你们学习如何在冻土下建造地铁。”当中国装备不再仅仅是“走出去”，而是成为他国重大工程的核心依靠时，一个崭新的格局已然成型。

2019 年，印度工程版图迎来两场震撼世界的巅峰挑战：班加罗尔地铁，那被誉为印度地质“百慕大三角”的超高难度工程，渴求着四台拥有卓越本领的泥水平衡盾构机；而孟买那延伸向碧蓝海域的沿海公路隧道，也向全球巨人发出挑战，寻求一台直径达 12.19 米的盾构机。

巨大经济利益的背后，是难以想象的险峰深壑。班加罗尔地下，滚烫的岩层温度有时高达 60 摄氏度，变幻无常的地质结构早已使罗宾斯、川崎、日立这些久经沙场的国际名将纷纷铩羽。孟买项目则以开创印度大直径盾构隧道先河的姿态，以其磅礴之姿令无数英豪心生敬畏。

当时，印度工程巨头 L&T 的目光，悄然越过太平洋，投向了遥远的东方——中国的铁建重工这匹黑马已初现锋芒。这一瞥并非没有惊起波澜。曾经占据中国 90% 以上盾构机市场份额的德国巨头海瑞克，在察觉到这个信息后，正因本土阵地的节节败退而酝酿着一场殊死反击。海瑞克甚至在印度金奈建立了生产桥头堡。为守住这至关重要的“战略缓冲带”，海瑞克年近八旬的创始人马丁·海瑞克，这位在行业中声名赫赫的奠基者，竟亲自驻印督战。

在这无形的商业硝烟里，铁建重工的盾构机“舵手”——张帅坤，肩挑重任，凝视着国际棋局的风云变幻。他深知，要在这片陌生而炽热的土地上叩开大门，技术实力必须超越巅峰，而价格更需嵌入国际市场的精准间隙。

在无数的昼夜交替里，张帅坤率领的技术军团如锻造利剑，对海瑞克设备在同样极端地质条件下的挫折案例进行深入剖析。每一次模拟运算、每一次参数精调、每一次结构优化，都是朝着印度工程“心脏”精准迈进的步伐——专门为印度复杂岩土定制的耐冲击滚刀系统、突破常规的强力泥浆环流模式、更加坚韧可靠的结构设计……

最终，当铁建重工厚达数百页的技术方案书如同最精准的外科手术刀，完美解剖并治愈了困扰诸多国际品牌多年的地质顽疾时，答案已然清晰：铁建重工最终以其量身定制的技术方案和高品质性价比的优势，一举斩获了象征着无上信任与重大挑战的五台盾构机订单。

2019 年 5 月，五台硕大的盾构机躯体陆续在湖南长沙登船，如同钢铁巨鲸向着辽阔的印度洋驶去。它们被赋予极具象征意义的名字——“胜利号”“光辉号”“吉祥号”。

当班加罗尔深邃的竖井下，那涂装鲜亮如中国旗帜的巨型刀盘开始首次旋转，划破印度古老而坚硬的岩层，一段被寄予厚望的征途，在沉厚的轰鸣声中揭幕了。

然而，一场猝不及防的全球风暴骤起。2020 年初春，新冠病毒在华夏大地肆虐，印度迅速成为对华断航的“首

国产盾构机在印度

发阵营”。当铁建重工的首批驻印度技术服务人员在异国他乡，将签证日期无奈地一次次延展，艰难度过长达一年多的焦灼等待后最终得以归国时，印度合作方发出了近乎恳求的信号——没有中方工程师的精微调校和经验指导，隧道掘进如同深陷迷津，步履维艰。

而同一时间，印度疫情数据却如失控的野马一路飙升。2021 年 6 月，印度每日新增确诊人数触目惊心地长期徘徊在数万人的高位之上，恒河两岸甚至惊现露天焚烧遗体的末日景象。全球媒体的镜头将这幅人间炼狱般的画面传遍世界每个角落。当单位劝告勿行的信息传到时，张帅坤凝视着办公桌上“班加罗尔项目技术受阻”的最新报告与屏幕上铺天盖地的印度疫情画面，内心灼烧。

“国之重器，不仅仅是一台设备，更是信守承诺的钢铁脊梁。”张帅坤深知海外战士亲人的牵挂，但更清楚印度工地对中方技术的生命线依赖。他迅速集结了一支由 16 名技术骨干组成的“尖兵连”，在阿曼进行短暂中转后，飞抵那个被病毒黑云笼罩的孟买。在闷热如蒸笼的隧道深处，厚重的防护服里浸透着汗水，每一次设备诊断都意味着与未知病毒的擦肩而过。口罩成了按片计算的稀缺资源，甚至不得不进行切割再利用，随身携带的防疫物资在异常环境中急剧消耗。

张帅坤团队不仅要对抗看不见的病毒利爪，更要修复这台被地下复杂环境折磨得伤痕累累的巨型装备——班加罗尔的高温如同滚烫熔炉，冷却系统频繁报警；孟买的含盐地下水如幽灵般腐蚀着精密部件。

在病毒威胁、物资匮乏、设备异常的多重考验中，张帅坤团队以钢铁意志展开技术争夺战。

一个月后，设备低沉的轰鸣声终于在隧道里再次顺畅响起。就在此时，一声惊呼点燃了整个隧道："'URJA'号今天突破 32 米！"惊人的欢呼还未落尽，喜讯接踵而至："URJA"号在孟买再创新纪录，以单月掘进 546 米的优异成绩勇夺印度盾构施工领域的"双冠王"！两项目所配备的设备连续创造出当地从未有过的"日进尺"与"月进尺"冠军！铁建重工的名字，被赫然烙印在印度地下工程史的崭新篇章中。

当设备的咆哮重新成为隧道内稳固的节拍，归途却成了另一段看不到头的煎熬。印度的疫情状况与简陋的医疗条件如同巨大的阴影笼罩在每个人的心头。国际媒体对印度疫情的恐怖渲染，家人从微信视频聊天另一端流露出的焦虑目光，混杂着对陌生饮食与文化差异的不适感，使张帅坤团队的成员们长时间徘徊在精神崩溃的边缘。

穿越近 8 个月颠沛流离的时空隧道，这 16 名钢铁卫士，一部分人艰难绕行欧洲，更多人选择了迂回曲折的中东线路，最终如同归巢的倦鸟，历经万难后分批次重返故土。

这场跨越生死、技术与意志极限的远征，其意义远超设备本身。它化作最强有力的市场宣言——当铁建重工带着闪耀印度全国的进度桂冠、承载着穿越生死线所淬炼出的信任金碑时，其品牌价值已深深刻入印度市场的信任基石之上。

曾在印度金奈设厂，誓言寸土不让的德国海瑞克，在客户不断转向铁建重工的压力下，不得不偃旗息鼓，最终关闭了那座曾象征其野心的工厂，黯然退出了这片曾引以为傲的南亚腹地。

2022 年，新一轮招标开启，印度市场再度毫无悬念地向铁建重工抛出了橄榄枝，一纸 10 台盾构机的新订单稳稳落地湖南长沙。这不仅仅是一连串冰冷的商业数据，它的背后，是孟买海岸公路隧道深处那贯通时的璀璨灯火，是班加罗尔城下无声穿梭而过的钢铁蛟龙，更是在病毒肆虐岁月里，16 名工程师用生命意志在南亚深处刻录的深度信

国产盾构机在印度施工

任印记。

铁建重工以汗水为墨、以技术作魂，在大时代的地壳深处，刻写下属于一个民族工业的钢铁年轮。这条贯穿印度两大城市命脉的地下钢铁蛟龙，已成为恒河两岸大地深处最壮阔的中国之歌。

如今，从南亚湿热丛林到中东酷旱沙漠，从拉美深邃矿山到欧洲发达都市，已有30余个国家和地区的地下空间深处，游动着中国“蛟龙”的钢铁脊梁。

穿越十五年光阴，“开路先锋19号”早已在长沙地铁尘封的里程碑旁停下脚步，但中国盾构的钢铁军团却从星火中奔涌而出，直至全球。从长沙泥浆里的汗滴到莫斯科雪原的坚冰，从上海静安深井的轰鸣到北京东六环的巨构，从“开路”到“京华”“梦想”，一个个钢铁身躯在地下穿行，不断改写人类工程的尺度与边界。

当大地下不再是寂静的王国，而是奔涌着中国重器能量的血脉网络之时，这来自地心深处的铿锵之音已然宣告：在不可见的深处，一个国家最坚实的梦想正在纵横延伸，穿透坚硬现实，直至无疆远方。地底的每一寸掘进，都在为世界舞台重新绘制中国制造的坐标。

第九章 征途

滚滚长江奔流至江苏南通与苏州太仓的交汇处，越发汹涌而深沉，浩荡江涛之下，一场关乎民族装备崛起的深度搏击正在上演。

在这片被称为“水下禁区”的水域深处，汹涌的江潮反复肆虐，地质形态亦变幻万端，脆弱粉砂层、高渗透沙层与坚厚硬质土层混杂交替，再加上频繁的潮汐扰涌，海太长江隧道注定将经历一场前所未有的严苛考验。对即将奔赴战场的主角——巨无霸盾构机“江海号”而言，这一险峻征途不只是力量的角逐，更是对智慧与信念的深刻叩问。

2025 年初春，直径 16.64 米的“江海号”如一条通体闪亮的钢铁巨龙，在万众瞩目中昂然始发，奔向那更为深邃的江流腹地，比之前直径最大的“京华号”大了 0.57 米。这背后看似细微的 0.57 米之差，正是“江海号”无声超越铁建重工前一代“京华号”巨盾的标志。毫厘之增在隧道工程界并非儿戏，每一厘米的扩展皆是对机械构造、稳定性与推进策略进行的深彻重塑和精妙挑战。这 0.57 米背后蕴含的自我超越和突破意志，深深烙印在铁建重工这支先锋团队的精神脊梁上。从被迫仰视到如今的自主驰骋，“京华号”“江海号”等国产重器已成为穿山越海的不倒脊梁。

隧道掘进核心战场，盾构机的主轴承无异于人体那坚韧搏动的心脏。它在旋转时不仅承受着前方万千土岩的压力和扭转力量，更承受着难以言喻的超常磨损。主轴承一旦出现问题，整个掘进过程将戛然而止——这不仅意味着难以估量的经济损失，也预示着工程可能陷入无限期停滞的困境。

张帅坤团队面对此次全新挑战清醒而笃定：“江底每

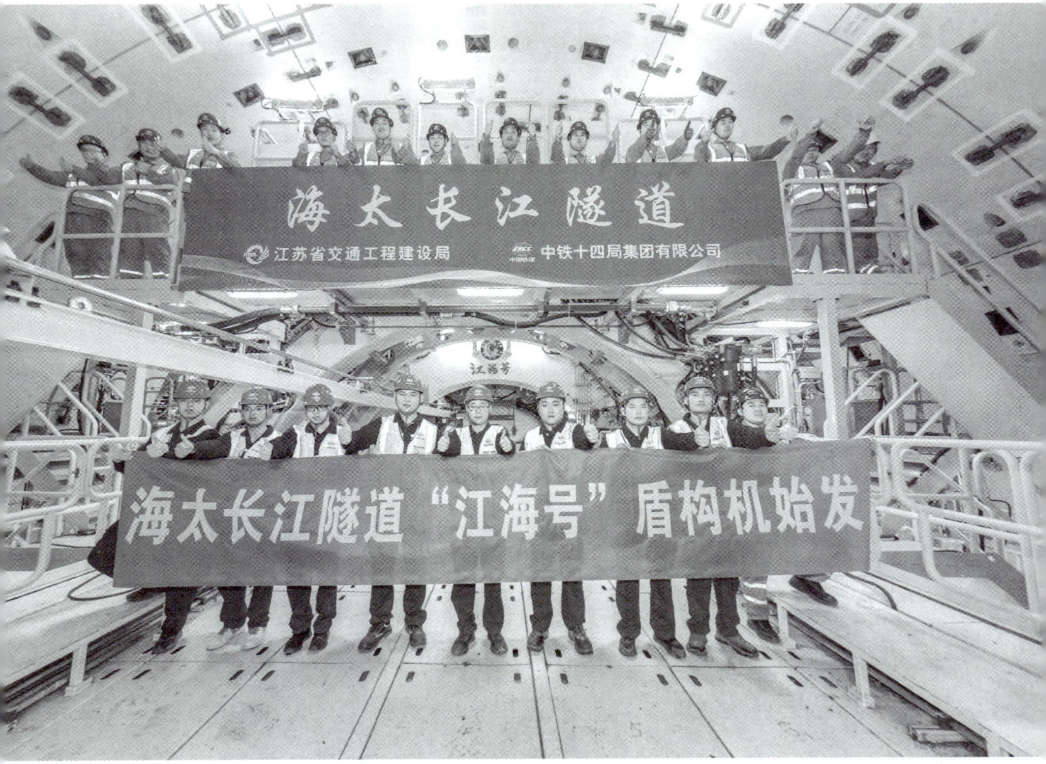

海太长江隧道“江海号”盾构机始发现场人员合影

海太长江隧道“江海号”盾构机顺利始发

中铁十四局集团有限公司
敢为人先 勇往直前
道工程
机顺利始发
中国铁建
引领全球建设发展
创造人类梦想奇迹
道工程
通工程建设局
察设计院集团有限公司
）工程监理咨询有限公司
局集团有限公司

一寸推进都需敬畏，任何潜在风险，都不该也不能靠侥幸去躲过。”在“江海号”启程前，“主轴承运行状态监测系统”的蓝图，在无数次技术论证的碰撞中逐渐成形。铁建重工强大的主轴承试验台成为系统攻坚的基石。工程师们持续将模拟江底多种严苛地质环境置于轴承之上——超载运转、润滑不足、冷热剧变等，在各种极端“困境”里反复演练验证传感器表现。

经过100余次摸索试验，一套密集而精细的神经网络终于织就在主轴身上。四类传感器精密分工，编织如网：声音传感器捕捉轴承转动时细微摩擦颤动的信号，犹如倾听着设备最细微的痛楚呻吟；温度传感器紧紧追踪运转时每处温度变化，对即将出现的过热危机即时示警；振动传感器捕捉内部振频与幅度变化；而应变片则仔细量度那钢铁骨架在重压下不易觉察的形变迹象。这些时刻活跃着的“哨兵”，通过层层线路，将所有传感信号源源不断传输到监控中心主屏幕之上。监测大屏上流动着复杂而密集的图谱与实时变化数值，任何细微的异常波动在经验丰富的工程师眼中皆如警报响起。

2025年4月的一个夜晚，当“江海号”正以无可阻挡之势推进之时，海太隧道项目监测中心灯火通明，主屏幕上骤然弹出一个清晰警报标记：位于主机头深处主轴某一点的温度，在平稳运行中出现了预料之外的微小攀升！

警示信息亮起不足10秒，整个指挥室内空气为之一凝。主值班工程师立即启动预案：“报告温度变化曲线！分析所有关联信号！”年轻的工程师们十指翻飞，在键盘上敲出一连串指令，数据流在各分屏上交叠出现——振动频次正常，受力强度参数在合理区间波动……似乎其他指

海太长江隧道工程主体施工项目HT-A3标国内自主研制最大直径盾构机“江海号”荣耀下线

标都维系稳定轨道运行，但主轴温度依然固执地微微升高着，仿佛是无声的挑衅。

监测中心内气氛越发凝结，仿佛时间被拉长。张帅坤此时也无声赶到中心，“压力测点是否有异常？润滑压力流速有没有记录波动？”他语气镇静地问询，目光迅速扫过图表数据流，最后锁定在轴承润滑回路上一个不起眼的异常瞬间——供油量刚刚一度出现微小卡顿。“立即命令机

海太长江隧道施工现场

头维保组进入准备位置！同时进行多点油路排查！”他的指令清晰地逐级传达下去。

与此同时，前方狭窄维保空间内，工程师陈工在接到指令后立即俯身爬入靠近轴端位置，借着头灯的有限光亮，迅速锁定了疑点所在——一小片金属屑渣不经意间随着高压油卷入某个注油细小孔中，造成瞬时流动不畅——轴承转动产生的热难以及时疏散，问题根源就此揭晓。陈工迅速更换过滤器组件，清洁关键部位，重新恢复系统循环。仅仅数十分钟，屏幕上的温度值终于缓缓回归绿色的安全区间。

张帅坤凝望着温度曲线回归稳定，向控制台微微点头：“监控系统立功了！”这场始料未及的微小风波中，正是这些精微密集的神经末梢提前捕捉危机端倪，加之工程师们的敏锐判断和经验协作，才消解掉了一场可能蔓延的重大事故。

海太隧道这项浩大工程的背后，深藏着数千位工程人员夜以继日的默默付出。当总设计师张帅坤被问及高强度攻关的感想时，他的目光如同沉静的江面般坦然而深邃：“对科研工作者来说，能将自己的光阴镌刻在民族工程丰碑之上，本身就是一种深沉而不可替代的浪漫。当你真正寻到那份发自心底的热爱并倾心投入后，身体中的疲惫自然淡去，唯有探索未知和迎接挑战的热望始终燃烧。”这样的情怀，早已熔铸在每一块钢铁的锻造声中。它蛰伏在设计师通宵达旦灯光下的每一道修改曲线上；它附着在一线施工者们被油污与汗水浸湿的工装之上；它回响于每一个传感器背后精确无误的调试记录中；它更融入决策者们面对未知风险时的冷静与坚定中。这样的情怀，是支撑整个团队越过重重险峰的无声力量源泉——技术可被模仿，设备终将迭代，唯有匠心之魂常新。

隧道深处，钢铁巨兽仍在沉稳前行。在深邃江底的昏暗中，每一次轴承的稳定转动，每一方土石的安全通过，都不仅仅是工程技艺的展现，更是中国装备智慧在历史坐标上铿锵落笔的证明。

二十年前，当巨大的外国盾构机在隧道施工现场轰隆作响时，我国工人曾默默注视着它，梦想着何时也能打造出同样气吞山河的大国重器。如今，长江波涛之下，我国的“江海号”正以更雄壮的身躯、更精敏的智慧默默前行，将穿越天堑的蓝图在黑暗中一寸寸描绘，化成了中国建设者以心血与热忱凝成的深情话语——每一个传感器的精微洞察，每一次主轴承的稳定旋转，每一米的艰难掘进，都是我们在静默江底为时代铸炼出的、最雄浑而深情的科技诗篇。

“这是科研工作者独有的浪漫。”张帅坤如此总结研发“争气机”的艰辛经历，“一旦选择了自己热爱的事业，我们便不会感觉疲倦。”投身制造强国的伟大事业，以匠心铸盾谱写中华民族伟大复兴之华章，这是张帅坤对伟大时代最深情的告白。

智能化的超大直径国产盾构机“深江 1 号”

第十章 育人

2024 年 3 月 1 日，由中华全国总工会、中央广播电视总台联合举办的 2023 年“大国工匠年度人物”发布活动结果揭晓，来自铁建重工的张帅坤榜上有名。

与此同时，在粤港澳大湾区的中心地带，中国埋深最深、水压最大的海底隧道——深江高铁珠江口隧道正在加速掘进。

隧道掘进到海平面下 106 米，打破了世界最深高铁盾构隧道纪录，未来这里将成为粤港澳大湾区的水下“新地标”。据介绍，深江高铁2028年建成通车后，将极大拉近珠江西岸与港澳、粤东及海西、长三角的时空距离。

走进“最难啃的硬骨头”珠江口隧道，出乎笔者意料的是，这样一个现代化的隧道施工现场，既没有尘土飞扬，也没有人来人往。这样一个大型隧道的掘进现场，主要依赖于一台智能化的超大直径国产盾构机——“深江1号”。有人把它形象地比喻成一条巨型的“会吃土的蚯蚓”，它的铁齿钢牙能啃食最坚硬的岩层。随着它24小时不停向前掘进，碎石和泥浆被源源不断地输送到尾端，再运出隧道。

如今，中国自主研制的“深江1号”直径有13.42米，接近5层楼高、130米长的机身由上万个零部件组成，每天可以前进5—10米。

中铁十四局深江高铁项目部盾构经理贾文宪说：“像以前进入矿山法施工的隧道，都要穿着雨衣雨鞋，比较泥泞。进入盾构法施工的隧道，穿着劳保鞋走一遍，鞋很干净。矿山法施工需要80—100人，而我们盾构法施工只需要20—30人，效率更高了。”

珠江口被称作“地质博物馆”，想在珠江口的海底穿行，其难度世界罕见。2025年上半年，“深江1号”成功穿越了海底13种地层、5种复合地质、17条断裂带，攻克了深江高铁最危险的区间段。张帅坤说：“我们用了8个月时间掘进了900米的花岗岩地层。微风化花岗岩相当于高铁的桥墩C60的混凝土强度的两倍。”全新的盾构机的刀头，它的“牙齿”是碳合金做的，坚硬程度仅次于钻石。查看换下来的刀头，它们的“牙齿”磨损得很厉害，有的刀头整排“牙齿”都崩掉了。由此可以想象盾构机在“啃”花岗岩“硬骨头”的时候，那种硬碰硬的，甚至火花四射的惨烈程度。

对于复杂地质条件下的超级工程，先进的装备决定了我们能不能建、什么时候能建成的核心问题。笔者在“深江1号”的诞生地——位于长沙的全球最大的盾构机生产基地，看到多台超大直径盾构机正在组装，而这种盾构机曾长期被国外垄断。

铁建重工掘进机研究设计院副院长刘学说：“当时这个设备成本很高，动辄数千万元甚至数亿元。外方在维修设备的时候，是不允许中国人参与的，维修所需要的工时、时间、成本等不可控。他们要是不卖给我们的话，我国上下游的产业链都会停摆。”

主轴承是盾构机的“心脏”部件，曾被列为制约中国

张帅坤正在工作

工业发展的 35 项“卡脖子”关键技术。2024 年 10 月，全球最大直径盾构机整体式主轴承在中国诞生。至此，中国盾构机全产业链实现 100% 自主可控。中国人用了二十多年的努力，在盾构机制造领域实现了从“跟跑”到“并跑”再到部分技术“领跑”的跨越。

今天，中国国产盾构机占国内 95% 以上的新增市场份额，还占有全球三分之二的市场。国产盾构机每年出厂台数、拥有量、盾构隧道施工里程，均为世界第一。在国产装备的助力下，深江高铁“如鱼得水”。未来，深江高铁将改变珠江东西两岸旅客需要北上绕行到广州南站换乘高铁的现状，也将缓解广深港高铁运力紧张的难题。

厦深铁路广东有限公司深江指挥部指挥长周平介绍道：“深江高铁建成后，通过衔接深南、深湛高铁，构建了从深圳、香港到北部湾、大西南的第二主通道。”深江高铁开通后，将打通国家“八纵八横”高铁主通道沿海通道的关键区段，贯通粤港澳大湾区深圳、东莞、广州、中山和江门五城，实现大湾区城市间一小时内通达，打造一小时产业圈和一小时生活圈。深江高铁还将串联起中国散裂中子源、江门中微子实验站等大科学装置，助力大科学装置、大平台的共建共享，联合攻关世界级技术难题。

十七年来，张帅坤带领团队一起潜心钻研“国之重器”——盾构机，创造性解决了多项填补行业空白的关键科学技术难题，研发的盾构机参与了国内几乎所有重大盾构隧道工程建设。张帅坤亲身经历并见证了国产盾构机的发展壮大，更感受到了长沙市总工会对自主创新及工匠人才的全力扶持。

聚力打造“三个高地”，需要锻造一支“高素质、高层次、高水平”的新时代产业工人队伍。近年来，长沙市总工会着眼全市高质量发展大局，深入开展“凝心”“聚力”“建功”“献智”四大行动，联合多部门精心组织实施“长沙工匠铸造工程”，认定颁证“长沙工匠”707 名，形成了选匠、育匠、爱匠的长沙工匠建设体系，打造出一支“有理想守信念、懂技术会创新、敢担当讲奉献”的长沙工匠队伍。同时，充分依托劳模创新工作室，带动技能人才奉献、创新、奋斗，为企业生产管理解难题，为员工精神培育作示范，为高质量发展装上“加速器”。

发展新质生产力，需要培育一批善于学习新知识、掌握新技术、创新能力强的新型劳动者。长沙市总工会围绕助推全球研发中心城市建设和“4433”现代化产业体系建设，推进产业工人队伍建设改革扩面提质，形成了产

张帅坤（左二）跟团队成员一起检查机器设备

业链、人才链、保障链、价值链、责任链“五链”深度融合、协同提升的良好生态。同时，紧密围绕全市重大战略、重大工程、重大项目、重点产业，深入推进劳动和技能竞赛。据悉，近年来，长沙市总工会广泛开展重点建设项目劳动竞赛以及“星城杯”“十行百优”等技能竞赛，覆盖工种超 100 个，参与职工超 100 万人次，17 名全国技术能手、195 名省级竞赛优胜选手脱颖而出。长沙市总工会共培育市级行业状元 59 名、“百优工匠”531 名、示范性劳模和工匠人才创新工作室 59 个、工匠培育和竞赛基地 32 家，组织师徒结对 8000 余对。2024 年，长沙市总工会再次培育“长沙工匠”100 名，举办首届职工技术创新（研发）大赛，推动劳动和技能竞赛向新兴行业领域拓展。

如今，一支知识型、技能型、创新型高素质产业工人大军正在加快形成，为长沙高质量发展注入强劲动力。

张帅坤正是产业工人队伍建设改革的受益者，以张帅坤名字命名的工作室被授牌那天，在众人欢呼声中，张帅坤的手与徒弟们的手紧紧相握。那一刻，张帅坤深切体会到：传承绝艺如连接脉搏，两端都是鲜活的心脏搏动，要让技之精魂以创新的血液在新肌体内持续奔腾。

晨光熹微，张帅坤工作室里机器低鸣宛如一曲平稳协奏。张帅坤与徒弟并肩而立，一同调试新送来的精密装备。指尖轻抚过冰冷外壳深处，那搏动正年轻坚韧，属于过去也属于未来。

这座名为张帅坤工作室的桥梁，默默承托着上一辈技艺的沉稳印迹和新一代锐意创新的步点。在它身上，时光凿刻的智慧与青春勃发的求索相互碰撞、映照与和解——每一点手艺火花的流转，都是对工匠魂魄不朽的深情赋形；每一次知识活泉的奔涌，都浇灌出代代参差相依的一片青葱精神田野。

依托张帅坤工作室，张帅坤在国产最大直径盾构机“京华号”、全球最大竖井掘进机“梦想号”、高原高寒铁路项目 TBM 等重点项目劳动竞赛中，发现并培育了一批工匠人才。此外，在铁建重工科技创新劳动竞赛、掘进机事业部“比科技创新，赛产品研发”劳动竞赛中，张帅坤工作室获评中国铁建特色劳动竞赛综合优胜单位。

在中国第二届职业技能大赛中，铁建重工 3 名选手参加了工业机器人系统运维、人工智能训练 2 个赛项比赛，均获优胜奖，是湖南省工程机械行业唯一获奖企业。

此外，铁建重工工会通过发挥工匠人才领头雁作用，让工匠升级为“师父”“教员”“引路人”，让劳模工匠带

张帅坤工作室的一角

领不同专业职工群体组建产学研销服团队，促进科技成果转化，形成“工匠热”。

2024年9月，中华全国铁路总工会有关领导带领检查验收组对张帅坤劳模和工匠人才创新工作室进行验收。张帅坤工作室获评中华全国铁路总工会“火车头劳模和工匠人才创新工作室”。

与此同时，铁建重工设计了岗位制、职衔制、技能制三条职业发展通道，形成了多赛道晋升与流动灵活的职业发展通道。为培养复合型人才，铁建重工建立了内部人力资源市场——下沉到生产一线担任班组负责人的大学生带职锻炼；技能制员工充实到生产、营销等职衔制岗位；储备研发人才选拔与培养……一系列内部人才流动机制逐步完善。

值得一提的是，铁建重工还高度重视员工技能提升与职业发展，建立了“教育培训中心＋学习平台＋鉴定站及评价中心＋实训基地”相结合的一体化培训平台，开展多类型技能提升培训，选送优秀员工参加外部技能培训，促进员工技能精进与综合能力提升。2024年，张帅坤工作室成员陈建军成为中国铁建特级技师。

“下一步，我们将继续紧盯重点建设项目开展劳动竞

张帅坤工作室摆满了各种荣誉证书

赛，开展创新课题或技术攻关，开展技术培训，引导广大职工在加快建设中国式现代化新湖南中发挥主力军作用。”张帅坤语气坚定地说道。

第十一章 超越

尽管夜已深，长沙机场的航站楼却仍然灯火通明。

这天晚上 10 时，张帅坤的身影终于出现在接机口。他步履略显急促，黑色行李箱在灯光下划出一道匆匆的轨迹。镜片后的眼睛依然锐利，但眼眶下的阴影却清晰可见，轮廓分明了许多。

张帅坤长时间高强度出差，奔波在不同项目现场，技术难关的压力如影随形，再加上作息与饮食的长期紊乱，看起来十分疲惫。

2025年初，在铁建重工盾构机总装车间里，一台直径6.87米的泥水平衡盾构机开始装配。“这是一台出口新加坡的盾构机，计划今年6月工厂验收。”铁建重工掘进机研究院工程师王朝辉一边比对图纸一边说道。在他们研制的设备中，直径6.87米只能算是“小个头”。

作为张帅坤的徒弟，王朝辉所在的车间，自2020年以来，已陆续出厂了多个直径14米及以上的“大个头”盾构机。

据统计，2020年以来，铁建重工已经成功研制近10台15米及以上超大直径盾构机，先后应用在杭州艮山东路、下沙路项目，长沙湘雅路过江隧道，安徽芜湖过江隧道，北京东六环改造，珠海横琴杧洲隧道工程跨海隧道等工程中，巩固了国产超大直径盾构机核心技术自主可控能力，推动了中国高端地下工程装备领先世界。

国产装备提速重大工程，重大工程助攻国产装备。目前，铁建重工研制的盾构机在主驱动集成、变频驱动和控制、高承压主驱动密封、高精度隧道导向、设备姿态监控等方面，均已达到国际先进水平。其中，常压换刀、开挖舱作业机器人、永磁同步驱动、电液混合驱动、大埋深可变径设计方法等技术已实现世界领先。

张帅坤站在数字监控中心屏幕前

以电液混合驱动技术为例，传统设备多为单动力驱动，在硬岩层开挖选择转速更高的电机驱动，铁建重工研制团队通过创新运用液压马达和电机双驱动，实现速度与马力自如切换，破解了困扰隧道挖掘行业多年的世界级难题——“卡机”问题。

当前，制造业企业数字化转型升级已成为企业发展新趋势。作为传统制造企业，在产业升级的风口，铁建重工围绕数字化转型升级进行了诸多摸索与尝试，着力推进以研发设计数字化、产品机器人化、制造智能化、服务数智化、管理智慧化为技术方向的数字化转型。“简单地说，就是要将产品塞进电脑、将车间搬上电脑、将隧道建在电脑。”张帅坤解释道，“企业要构建产品设计、制造、施工全过程数字孪生系统，在虚拟空间中实现研发设计、模拟制造、模拟运行，满足定制化、个性化、多样化产品需求。”围绕产业智能化升级，铁建重工打造了具有智能感知和分析决策功能的地下工程装备，并在高原铁路、郑万高铁等重点工程中实现应用，有力助推了地下工程建设的少人、无人作业。

随着一批国家战略性工程的开工建设，我国对高端地下工程装备的需求与日俱增。隧道深处，灯光昏暗。湿润的空气中飘散着土石与机械润滑油混合的气息。巨大盾构机发出沉闷的轰鸣，将坚硬的岩石化为齑粉。工程师熟练地操控着控制台上的按钮，汗水沿着安全帽边缘缓缓滴落。突然，监视屏幕上某个温度参数开始缓缓上升，那细微却持续的变化，像是寂静中响起的警报。

这种场景曾是中国地下工程领域的常态，设备依赖人、风险依赖人、成败依赖人。然而，在铁建重工数字指挥中心，巨大的屏幕上“江海号”的数字孪生体正同步展现着海太隧道施工现场的全貌。

传感器将温度、压力、振动等数百个参数实时映射在虚拟盾构机上，系统用醒目的橙红色标记出一处轴承润滑的轻微异常。预警比工程师的直觉更早发出，解决方案自动推送至指挥台：更换某型号过滤器，预估只需耗时27分钟。

这一刻，跨越时空的两代制造方式形成了鲜明对比——一端是血肉之躯对抗钢铁巨兽的勇气经验，另一端是数字浪潮中精确掌控物理世界的智能革命。而当这两种力量在铁建重工交汇，一场制造业企业数字化转型与高端攻关并举的史诗征程，正在黑暗的地下深处悄然展开。

为了破解这个难题，在张帅坤办公室内的大屏幕上，

webuild
PIZZAROTTI
ITALFERR
RFI
CRCHI

2025 年 5 月 29 日，两台出口意大利的大直径土压平衡盾构机下线

一道由代码与光影构建的“江河号”盾构机正穿行于地质建模的虚拟地层中。这台数字复制品，成为他口中“将产品塞进电脑”的战略具象。部分国产配套核心基础件可靠性不足，性能指标不能满足设计要求，产品智能化程度有待提高等问题，是今后亟待制造企业解决和攻克的难点。比如盾构机的一些核心零部件，由于应用工况恶劣、产品可靠性要求极高、规格尺寸巨大，对基础设计理论、原材料、热处理、制造加工工艺、装配与试验能力提出了近乎苛刻的要求。

“为了解决这个问题，我们正在建造数字世界中的地下长城。”张帅坤在行业峰会上如此阐述铁建重工的核心转型理念，“这条进化的路径已经明确：就是研发设计数字化、产品机器人化、制造智能化、服务数智化、管理智慧化的全面重塑。”

事实上，在海拔 3800 米的川藏线某标段，理念正在化为现实。面对缺氧环境和断层褶皱的复杂围岩，一台搭载智能控制系统的悬臂式掘进机成为突破主力。通过融合三维激光扫描与实时地质感知的智能系统，它能够自主规划最优切割路径，将液压钻臂的摆动精度控制在 0.1 度之内。

操作室内仅需一人值守复核，相较传统工艺减少 80% 人工投入。“岩石硬度变化超过设定阈值，自动降速 10%。”操控手小陈看着系统自动弹窗提示说道，“现在工作像在指挥一个经验老到的团队。”

这场变革的神经中枢设在数字空间站。20 余位工程师昼夜监控全国 120 余个项目现场的回传数据，巨大的可视化屏幕上流动着彩色信号：盾构推力曲线、设备健康度预警、岩层变化趋势分析。当高原施工回传的某个轴承温度偏差触及警戒线，系统立即调用知识库比对 132 种相似案例，短短 3 秒就能推送出 3 套处置方案。

“过去解决问题依赖老师傅的口耳相传，现在依赖数据足迹的循环积累。”空间站负责人指着一幅实时生成的设备故障预测热力图解释道。屏幕上，红黄色区域代表潜在故障点，精度达到子系统中的特定传感器级。“预测性维保降低 35% 的非计划停机时间，这是数据为我们打开的新视野。”

2024 年夏，郑万高铁某特长隧道工地。一台设备主驱动系统的突发故障让整个工程按下暂停键。维修人员揭开外壳后发现，一组直径 2.3 米的特大型轴承出现异常磨损，滚道表面密布着如地图裂痕般的微细裂纹。

铁建重工的实验室里，张帅坤团队看着磨损件的显微镜照片陷入沉默。放大400倍后的图像，材料晶粒界上的微小偏析清晰可见。“这是制造端的先天不足。”材料专家叹气道，“热处理中的碳化物析出分布不均，为服役期埋下隐患。”

一组数字昭示着严峻挑战：高端液压密封件在压力稳定性指标上存在代际差距，重载减速机关键性能参数低于行业顶尖水平30%。某项目因核心部件失效导致的间接损失高达数百万元。

“我们设计制造的盾构机跻身世界前列，但部分重要零部件还得依赖进口，随时可能被‘卡脖子’。”张帅坤在内部战略会上指出痛点，“在高温、高压、强震动等恶劣环境下，这些核心基础件在可靠性、精度、寿命上与国际顶尖水平还有显著差距。”行业报告印证了这种隐忧：国产大直径盾构机核心部件国产化率不足60%，液压系统、主轴承、控制系统传感器等高精尖环节更是薄弱。在全球隧道工程逐步走向千米级深、万米级长的当下，这些微小却关键的“工业器官”，已成为限制中国制造向高端跃升的无形瓶颈。

铁建重工的实验室深处，一座钢铁巨兽静静伫立。高5米的轴承试验台内，一组直径3米的待测主轴承正在经历极限考验——相当于承载万吨巨轮重量的复合载荷反复作用在旋转组件上。技术员紧盯着监测屏幕，一条预示材料疲劳的曲线开始悄然爬升。

“减速20%！记录温度变化轨迹。”研究员下达指令。数十个微型传感器捕捉着结构内部发生的微观剧变，在看不见的世界里，材料正在经历晶体滑移与位错运动。“这已经是第27次样品失效了。”工程师擦拭着额头的汗珠，“我们正试图找到热处理的‘黄金配方’。”

在实验室几公里外的精密加工车间，一场追逐“几何精度”的战争同时打响。一台五轴联动复合加工中心正在挑战极限：加工一块重达8吨的轴承外圈基座，要求在12米圆周轨迹上控制径向跳动误差不超过3微米。操作技师老王已在机床旁守候36小时：“降温0.5摄氏度，补偿系数加0.0003……”每一次微调都是经验与数据的博弈。

在虚拟战场，CAE仿真工程师构建着前所未有的数字显微镜。屏幕上，材料分子结构在应力下的微观变化被可视化呈现。当主轴承的合金材料在热—力耦合场中运转，数字模型揭示出某晶格缺陷处正积累着纳米级应力集中——这正是现实试验中疲劳裂纹的起源点。“调整钒元素的分布密度。”材料设计师一边兴奋地调整参数，一边说道，“微结构仿真能缩短70%的试错周期。”

研发大楼的电子屏幕上悬挂着“攻关悬赏榜”，顶端高悬轴承寿命攻关项目的进度条：材料设计45%，热处理工艺62%，加工精度85%。每一个百分点背后都是团队与时间赛跑的足迹。制造强国就藏在每次0.1微米的逼近中，在每摄氏度温度曲线的优化里，在无数次计算模拟与物理破坏试验的交界处。

站在数字监控中心，工程总指挥指向屏幕中的预测模型：基于实时地质数据生成的智能掘进线路动态优化图。曲线代表刀盘转速智能调整策略，热力映射区揭示前方10米岩体结构风险。在复杂断层区段，系统自动规划的弯曲线路让隧道轴线偏离设计值不超过12厘米。

在长沙的数字孵化基地，工程师们开始构建更宏伟的蓝图——地下工程元宇宙平台。戴上VR设备，项目管理者“走进”虚拟隧道，指尖划动查看设备实时参数，全景

张帅坤参加庆祝中华全国总工会成立 100 周年暨全国劳动模范和先进工作者表彰大会活动留影

视图中浮动的数据标记显示着每节管片应力状态。当某个螺栓应力预警弹窗跳出，AI 助手同步推送三维定位与加固方案。

“这是物理世界在数字空间的全息映射。”平台架构师向笔者展示着系统核心，“从设计、施工到运维的全寿命周期，数据始终在流动中创造价值。”数据显示，应用该系统的隧道工程综合施工效率提升 38%，安全事故率下降至历史低点。

现如今，在舒适明亮的房间里，张帅坤的视线在多块屏幕间游走。突然弹出一条预警消息——“3 号主轴承温度梯度异常”，系统随即自动调出历史曲线与处置预案。

透过屏幕，张帅坤似乎看到那位曾在深夜并肩排查故障的老师傅投来欣慰的目光：“现在的小伙子们啊，不用再靠鼻子嗅油味判断故障了。”

在贯穿产业变革与科技突破的双轨之上，中国制造的壮丽转型图景在每一条隧道深处延展。当智能装备碾过岩层时，传感器记录的每次振动都是数字技术重塑物理世界的宣言；当核心零件经受极限试验时，精微尺度的每次突破都是制造强国的铿锵定音。

张帅坤在北京人民大会堂前留影

这是属于张帅坤等新时代建设者们独有的浪漫——他们在数字化蓝海勇闯先锋，在基础研究深谷奋力攀援，将钢铁的意志融入数据血脉，将工匠的智慧植入智能中枢。

在寂静的地底，每一次智能掘进，都是献给制造强国的深情诗行；每一个旋转的轴承，都在无垠的黑暗中讲述着一个民族工业向着星辰大海坚定前行的伟大故事。

后 记

2024 年底，经过数次更改采访日期，我终于见到了2023 年“大国工匠年度人物”张帅坤。

那天晚上 7 时，张帅坤拎着行李箱，风尘仆仆地从机场赶来。一见面，他连连致歉：“实在不好意思，飞机又晚点了。”一年未见，张帅坤明显瘦了。“瘦了 10 公斤哩！”他缓缓说道，“出差多，压力大，休息不好也吃不好。”

在张帅坤的脑海里，一直浮现出一个画面：2020 年 9 月 26 日，“京华号”下线的前一天，张帅坤团队从那天清晨开始检测，一直到 27 日凌晨才检测完毕。当刀盘被涂装成京剧脸谱的“京华号”红纱被揭开的那一刻，张帅坤眼角湿润：“这是我们自主研制的大国重器！”

后来，在 2023 年“大国工匠年度人物”发布仪式的录制现场，张帅坤讲出了这段故事，现场观众无不动容。当他捧起奖杯站上领奖台的那一刻，光荣不仅属于他，更属于像他一样用双手创造美好未来的奋斗者。

曾经，有徒弟对张帅坤说：“我不想干了，那些没干过的工作太难了。”张帅坤告诉徒弟，干成不是唯一目的，过程本身才是关键。张帅坤常说，无论面对多么复杂多变的地质条件，盾构机只要一开动，那就是一路向前、从不后退。无论是刻苦钻研大直径盾构机，还是致力盾构机国产化、产业化，抑或作为师父悉心培养更多高技能人才，张帅坤都如同他说的那样：一路向前，从不后退。

近年来，张帅坤把很多精力用在教导徒弟上。他组建了工作室，加快培养一批青年高技能骨干，建立技术技能创新成果和绝技绝活代际传承的机制，并将技能革新成果和绝技绝活加以推广。

在铁建重工的科技展厅里，珍藏着一份编号为001的图纸，那是第一台国产盾构机的设计总装图。“我们制造的不仅是一台盾构机，更是中国人的‘争气机’。”张帅坤骄傲地对我说。

搞科技创新不能凭空遐想，更不能等待观望，而要深入一线，落地“潜行”，不然，所谓的“创新”就是无根之木、无源之水。盾构机是非标制造的装备，不同的工况地质条件对应不同的定制设计方案，只有深入一线把握细节，才能设计出满足实际需求且质量过硬的产品。一年365天，张帅坤有100多天都守在工地上。到了总装调试阶段，他也会蹲在现场，时刻准备解决可能出现的问题。

正是靠着长年累月蹲守一线的摸爬滚打、潜心研究，张帅坤带领团队攻克了常压换刀、超高压密封、沉降控制、滞排堵仓等盾构机领域的世界性难题，创造了国产盾构机的一个又一个纪录。这不仅打破了国外的技术垄断，实现了从进口依赖到自主创新的跨越，也让“中国制造”走出国门，“装备”世界。

新时代新征程，大力推动装备制造业高质量发展，是构建现代化产业体系、实现新型工业化的应有之义，更是发展新质生产力的必然要求。科技创新是发展新质生产力的核心要素，搞创新要基于一线、反哺一线，形成“研发—应用—迭代”的良性循环，将科技创新的成果应用到整个产业链，把新质生产力的根基筑得更牢，持续推动生产力的跃升。

在追梦圆梦的路上，张帅坤一直奔跑着，从未停歇。

2025 年 7 月